青春仿佛因我爱你开始

连谏 著

新世界出版社
NEW WORLD PRESS

浅爱

兰芝天生好嗓，再名不见经传的歌，一经她哼，就有了颜色，像淡的柠檬香、浅的落日红，带着些许寂寥的淡漠，萦绕在听者的心上。

接到大学录取通知时，母亲曾领回一肥硕的男人给兰芝看，悄悄问：你看成不成？

兰芝正被一本爱情小说弄得眼泪汪汪，看看男人便转过头来问母亲：什么成不成？

母亲尴尬地笑笑，给男人泡茶，点烟，说兰芝多么乖巧听话，多么优秀等。渐渐的，兰芝就听出了话风，母亲打算再嫁一次。

兰芝就哭了，把手里的书湿了一片，没人比她更懂母亲，她哪里是再嫁，分明是为了她四年的学费，将自己贱价拍卖给这满脸油光的胖子。

在兰芝的哭声里，男人讪讪走了，母亲怔怔看着她，突然悲声大作，抱了她薄薄的肩哭着喃喃自问：这可怎么办？

兰芝说总会有办法的。

是的，办法总会有的，为了读大学，把多年来相依为命的母亲卖到一个令人憎恶的肥硕男人床上，她做不到。

她没去街道申请救助，也没去求住着豪宅开着名车的父亲，在他狠心把母亲推下楼梯的瞬间，他就成了一头冷酷的兽，不再是父亲了。

时常有同学半是玩笑半是影射地说，兰芝之所以顺利地申请到助学贷款，是借了脸蛋的光。

她听了，只是笑，跑到卫生间的那排镜子前，安静地站着。镜子里的兰芝，像摇曳在春风中的新竹，套着简单的圆领针织衫和洗旧的牛仔裤，目光从容，轮廓清晰而饱满的樱唇微微嘟起，下巴俏丽。有端了盆来打水的同学问：兰芝，你在看什么？

兰芝笑笑说：我在看镜子里的美人。

这话很快在同学中传开了，重复这句话的人使用的语气不同，味道也就不同。偶尔，风会把一些话带进兰芝耳朵，兰芝有时会歪着头看看说话的人，有时不看，飘飘地走过去。

语言是最无力的东西，沉默多好。在大家眼里，她是一朵静美而骄傲的花，开在封闭的空间里，姿态孑然，不屑于沾染一粒尘世之埃。

从大二开始，她不再申请助学贷款。

她去了一家酒吧唱歌，每当她的歌声响起来，整个酒吧就安静了下来，目光齐刷刷地聚拢到小舞台上。一曲终了，台下雷声欢动，她款款地去饮一杯白水，继续唱，一丝不苟。每晚从 8 点唱到 10 点，到点后，客人给再多小费点歌，决不肯多唱一句。去后台，洗脸，换衣服，回学校。

自然少不了轻薄男人的追逐，送花，请饭，她总是微微地一笑，说对不起。

也有男人想耍些手段，装黑社会老大，扮钻石王老五，兰芝还是微微地笑，连那三个字都不肯给了，转身就走。有人把手搭到她胳膊上，不肯让她走，她便回了头，冷峻地看着他，慢慢把他的手抹下来，婷婷袅袅地叫了出租车回学校。

大二下学期，她不仅还清了助学贷款，还有了余钱，隔三岔五添置漂亮衣服。

她清冽的美，已伤了一些人，可，她们还有优越聊以自慰。

现在的兰芝，新衣美衫不比她们少，且时常有驾了豪车的男子等在学校门口，巴巴的，只为看她一眼。更何况，夜夜出入声色犬马场所，那些想象的糜烂，足以给流言旁证。

有时，兰芝发现化妆品被动过了，她拿起来看看，又不动声色放下。隔日，这瓶化妆品就会摆在大家共用的地方。

还有时，有人忍不住醋酸发作，叵测而好奇地问：兰芝，在酒吧唱歌真能赚这么多钱？

兰芝笑笑，瞥她一眼，反问道：你说呢？

问的人，就讪讪地走开了。

她只是按照自己的方式品格清洁地活着，不求助，不卑下，就像活在一只透明的玻璃罐里，望得见他们，他们也望得见自己。他们呼吸着同一座城市的空气，却把心放在不同的位置，毫寸之间，就是格格不入。

辅导员找她谈话了。

他是研究生毕业留校的年轻教师，个子很高，浓眉飞扬，目光深邃，一年四季穿牛仔裤，夏季里穿白色的 T 恤，喜欢和学生们混在一起打篮球，像矫捷的豹，在篮球场上跳来跃去。据说，围在篮球场外尖叫的女生，多半是去看他的。

他把兰芝叫走时，身后是唧唧喳喳地指指戳戳。

进了办公室，他顺手掩上门，又打开，大大地开着，动作稍有夸张，个中寓意兰芝是明白的，未曾开言，心下已狂喷了一万声啊呸啊呸！

他给兰芝拖了把椅子，说：坐。

兰芝瞄了瞄椅子，从容端端地坐过去，用妩媚的狐眼直直看了他，若有若无的笑丢荡在嘴角上。

他倒有些拘谨了，吭哧了半天才说：我知道你不是他们说的那种女孩。

一句话，她的泪就落了下来。

他没批评她，也没有要她以后不要去酒吧唱歌了，只说：我没什么话要说，只是他们反映的多了，我总要做做样子给他们看。

兰芝用力点头，她一直低着头，目光落在他脚上，那双干净的穿了太久而显得有些疲态的耐克鞋，看上去踏实而舒服。

辅导员送她走时，又说：在同学们面前不要表现得太清高，因为你既漂亮又清高，会让人有压迫感，这对你不利。

兰芝点着头说谢谢，飞出来的眼泪甩到了他胳膊上，一下子，就不知如何是好了，张张皇皇想去给他揩，他摆摆手，说没事。

走出很远了，转过楼角的瞬间，她偷眼去看，他还站在那里，向着她去的方向。

想起他，心里就阳光遍地。

唱歌时，孤单走在夜路上时，上课时……想得嘴角微微上翘，柔情的暖意遮住了眼中的冷峭。

想给他写信，打电话是不成的，会紧张，会不知该说什么好而磕巴。当然，写信也不是示爱，而是，心里有很多话，想找个人说出来。

终于写了很长的信，写她刚到学校时的心情，写对他的印象，写那些流传许久的、有关他的美好传说……

在署名的位置，她画了一棵碧绿的竹子，也没在信封上留地址，便投进了校门口的信箱。

猜他应该收到信了时，她故意与他迎面相遇，可，离他尚是很远，脸就红了，心慌如撞鹿，转了个弯，一溜烟从他面前跑掉了。

那天，在酒吧唱歌时，她流了泪。原来，再骄傲的女子，遇上爱情也就软了。

唱完一曲，去旁边的小几上喝水时，胡乱扫了一眼，猛地就怔住了：竟然是他！见她发现了自己，他微微一笑，冲她举了举手里的苏打水。

她笑得那么傻，像春风中的一朵小花。

那晚，她唱得千回百转，仿佛把心揉进了歌里，铺展开来，给他一个人听。

唱完歌，她匆匆换下衣服就跑了出来，唯恐出来慢了就不见了他。

待她出来，服务生正收拾他的桌子，那杯喝到半残的苏打水伶仃在那里，极像她眼下的样子。

她走过去，缓缓坐了下来，按住了服务生正要收走那半杯苏打水的手，说：给我来杯朗姆酒。

服务生不解地说：这杯水是客人剩下的。

她垂了垂眼皮说：知道，再给我来杯朗姆酒。

服务生满腹狐疑地走了，酒吧这样的欢场，行止怎样乖戾都不足为奇，何况她只是留下了客人喝剩的半杯苏打水。

她又讨了只空杯和冰块，把朗姆酒和冰块以及苏打水兑在一起，慢慢地品，这冷而辣的酒，是多么讽刺的味道，就像今夜初见他的刹那，她无法管住欢喜像群调皮的小兽纷纷奔出，愣是以为他收到了信，并猜到是她写的，心下惺惺，跑来看她。

可，这只是她一厢情愿的幻象而已。他不过是对她有些好奇，来看看这个流言不断的女子是不是真如传说的那样，在这糜烂的声色犬马里靠卖弄风骚从男人兜里顺利掏走小费。

兀自喝着,就醉了。

醒来时,在绵软的床上,她竭力地睁大眼睛,尖叫了一声,腾地跳下床来,却见衣着整齐安好,连裤袜都不曾脱下,另一张床上,被枕规整,白床单的叠痕分明,她这才松了口气,怯怯张望四周,小声喊:喂……

没人应。

打电话问前台,服务生说有位先生把她送过来就走了,房钱已交了,她可安心睡到中午 12 点,她询问那先生的样子,猜想是他。

去找他,问昨晚是不是他把自己送到酒店去的?

他笑了一下,说:酒吧里那么多男人,你怎么会想到是我?

她的心就像挨了冷冷一鞭子,原来,他同别人一样,把她当混迹在欢场的浮浪糜烂女子看待,随便就可以跟陌生男人去酒店开房。

这么想着,满心的遍地柔情就化做了冰凌:因为我当你和其他混酒吧钓女人的男人一个德行,热衷于送单身酒醉的女子去酒店休息。

见她真的恼了,他才低低说:是我,我走出一段了,才想起该问你是不是愿意和我一起走,回去,才见你醉了,怕送你回寝室会被室友误解,就送你去了酒店。

然后,又小心地问:还记得昨晚的那些疯话么?

天呐,昨晚,醉酒的她,究竟有没有说些令他嗤笑的疯话?见他一味地抿着嘴笑,她恼了,冷冷说:酒后疯话而已,你不是第一个听我酒后疯话的男人也不是最后一个。

他的脸就青了,说:女孩子不要这么说话。

她睥睨着他用鼻翼轻轻地笑:像我这样糜烂的女孩子,还能说什么?

他生气了，转身走掉，她恼恼地追了两步，突然大声喊：那封信不是我写的。

喊完，就捂着嘴傻掉了。原来，爱情是让人神经短路的坏东西，她竟能说出这等此地无银三百两的蠢话。

他闻声回头，咧着嘴笑：当然不是你，给我写信的女孩子很多，我不知道哪一封是你写的。

她很想知道那晚自己究竟说了些怎样的疯话，几次打电话去问，他只笑不语。

被追问急了，就说毕业时告诉你。

她索性不再问了，酒后疯话，随他取笑去吧。

可没等到毕业，一家唱片公司便相中了她，把她签到了北京，犹疑再三，她申请了退学。娱乐圈和她想象的不一样，她常常觉得自己就像被时空机器运转到了一个不属于自己的时光空间，回头无路。

几年后，她回来演出，唱完谢幕时，发现他在离舞台不远的地方凝视着自己，就怔住了，匆匆跑下台去找他，劈面就问：那天晚上，我究竟对你说了什么疯话？

他凄怆地笑了笑：你睡得像摊泥巴，什么都没说。

她低低啊了一声。

他说：说了很多疯话的人是我，可惜你不记得。

然后，他告诉她，其实那晚他没走，只是站在酒吧外等她。久不见她出来，便折回去看，却见她在就着半杯苏打水饮朗姆酒，心就暖软得一塌糊涂，便没去惊动她，远远地看她用这样低回婉转的方式表达着喜欢。

后来，他把醉了的她背到一家酒店，哄她洗了脸，扶到床上躺下。

你说了什么？她问。

我爱你。

还有呢？

等你毕业就娶你。

然后呢？

我们失去了彼此。

他的无名指上，有枚细细的戒指，把她的眼睛硌得生疼：我问你时，你为什么不说？

怕你觉得我轻薄。

为什么现在不怕我觉得你轻薄了？

爱不到了，只想让你明白，我真的喜欢过。

哦，喜欢离爱有多远？

喜欢和爱一直在一起，无法抵达的爱，悲伤地蜕变成了喜欢。

穿过路口到达你的爱

豆蔻说:小米,我爱陈易南,可不可以?

我说好啊。然后笑,爱就爱吧,干吗问我?

豆蔻看着我,眼睛里有绵长的东西。我不懂,她比我大三岁,知道很多我不知道的事。

陈易南是哥哥的朋友,哥哥去了外地,我在本市一所高校读书,他经常提着很多零食来看我,说:你哥哥让我看着你,据说你喜欢惹事,连妈妈都管不住。我一边听一边吃,贪婪无比。

豆蔻住在我家隔壁,一年四季穿牛仔裤,只有上衣,在季节变换时转换一点花色,短短的头发,竖在头上,就像我的脾气;不过她不是我,我有一头飘然的长发,穿淡雅淑女装,但内心倔强,与温顺的外表没一点相符。

那时,我正疯狂地爱着系里的排球队长谢一其,他有修长的身体,在球场,他高高跃起,像犀利的大鸟,一下击中飞舞着的排球,狠狠的,把对方击倒在地。

我爱谢一其干净利落的扣球姿势,他打球时,我坐在球场最前沿,任凭尘土飞扬,钻进长长的发。他走出球场时没有一点疲惫,这就是青春的资历。他喝着我递过去的纯净水——是陈易南买给我的,他说:小米,青岛的自来水是黄河水,能不喝你就不喝吧。他每个周末去我家,拎着水果、扛着一箱娃哈哈纯净水,穿着周正的名牌西服，连业余时间都很职业的金融操盘手。

周末，豆蔻泡在我家，和我聊天，说一些女孩子的闺中秘事，陈易南周末必到，妈妈喜欢他，豆蔻也喜欢，我也喜欢，不过，我更喜欢他提来的水果，还有娃哈哈纯净水的糯软。

陈易南不在时，豆蔻和我有说不完的话，只要陈易南来了，她就没有话，两眼呆呆的，看脚尖。而我就知道，豆蔻来我家，看我并不重要，最重要的是等陈易南的敲门声响起，她在一片期待里看着我去开门，望着陈易南进来，只扫一眼，脸就飞快地红，然后腼腆地打个招呼，就埋下头去，听陈易南的声音是她的全部幸福。

豆蔻和我说她爱陈易南时我正打算把水果装进背包带给谢一其，他的运动量那么大，学校的东西补充不了他需要的营养。

豆蔻推我一下，她说：小米，我爱上陈易南了。

我说：豆蔻，爱就勇敢一些嘛，我喜欢上谢一其时，有多少女孩子喜欢他？我就跑到他眼前说：谢一其，我喜欢你，我喜欢洗你的球衣。就这么简单，他就爱上了，因为从来没有一个女孩子说爱他就是想给他洗球衣。

豆蔻说：小米，你不知道吗？陈易南只爱你的。

我和陈易南上街，他总是喜欢过马路，只有过马路，他才能合乎情理地拉我的手，过了马路，我就会飞快挣脱。

我说：豆蔻，我只喜欢谢一其。

豆蔻看着我，很羞涩地笑，好像比我还要小。

这一次，陈易南来，我看着他，笑个不停，他不太明白，我说：陈易南，我和豆蔻在等你。

陈易南看豆蔻一眼，说：等吧。他那么敏感的一个人，不会不明白我的潜台词。我说：以后把水果分成两份，一份给豆蔻，一份给我。

陈易南说：豆蔻都工作了，已不需要别人给她买水果吃了。

就这样,陈易南不动声色地拒绝了我的暗示。莫名地,我有些喜欢,即使我不爱,女孩子都是自私的小动物。

那天,豆蔻早早走了,有点失落。我和陈易南坐在客厅看电视,忽然没有话说,手指按来按去,全是无聊的娱乐节目。

没有看他,我说:陈易南,豆蔻喜欢你。他盯着屏幕:是吗,我自己都不知道,你怎么就知道了?

豆蔻告诉我的。

陈易南没再说什么。傍晚,我回学校,拎着沉重的水果,他坚持送我,我说:算了吧。我住在寝室的最高层,我想把水果直接拎到男生寝室三楼去找谢一其,我想和他分享陈易南的水果,滋养我们的快乐。

陈易南坚持送,我不好继续拒绝,他背着沉重的水果走在前面,我空荡荡地摇晃着双手,留意路口,一些马路,是没必要过的,但陈易南却要坚持过去,他等在路边,向背后伸出手,我把手伸过去,他背着沉沉的水果拉着我的手,过马路。豆蔻的话,应该不假。

但,我只爱谢一其的。虽然谢一其常常惹我哭,惹哭了还不会哄,只会在事后说:你们女孩子怎么这么麻烦?动不动就掉眼泪。

常常的,谢一其惹我哭,我就一个人去陈易南的家,敲门。他不在时,我在门口流一会泪,然后走开;如果他在家,我就会进去,坐在床沿上哭。他不问为什么,我也不说,哭完了,就会看见他已兑好温水,说:小米你洗洗脸吧,这样出去会弄坏脸上的皮肤。我用他的木瓜洗面奶洗脸,用他的毛巾擦脸,抹他的大宝 SOD 蜜。然后,连一声谢谢也不必说就可以走开。

这样的爱,对于陈易南过于不公,在学校门口,我说:陈易南,豆蔻爱你。

陈易南笑,好像我说的只是个平淡的玩笑。我说:你回去吧。他说:送到楼上吧,七楼那么高,我帮你背上去。

室友们正在玩牌,看见我进来,她们就丢下牌,跑过来说:小米,你的陈哥哥又给你弄了什么水果,这次,不准只拿去给谢一其吃,让我们也分享一点。

我回头看了一眼还在门外的陈易南,脸忽地烧了一下,有点无地自容的感觉。

陈易南默默地拿下背上的包:你自己拿进去吧。转身走了,连声再见都没说,我趴在寝室的窗子上,看着陈易南离去,夕阳打在他身上,很落寞。

那一次的水果,谢一其没有吃到,我趴在窗子上看陈易南的背影时,室友把它们洗劫一空,等我回头时,地上一片狼藉的果皮。

在食堂,我看见谢一其,他说小米,向我挥手,我跑到他身边。他说:这个周末,我们和大三球队比赛了。我看着他,不必说,我知道了下面的话,他的球衣肯定又脏了。他说:小米,你知道谁赢了吗?

我说知道。如果谢一其的球队输了,他绝对没这么好的情绪,我了解他,多于自己,我爱他,也多于自己,校园里有那么多女孩喜欢他,我不能例外地和大家一样俗套。

谢一其只要对我温暖地一笑,我心中所有的不快就会飞走,他知道我爱他,爱到他可以完全不必担心失去。

后来的周末,陈易南有一阵子没来,妈妈问我:小米,陈呢?

我又不是他的影子,你干吗老问我。其实我的心里充满烦躁,我想看见他的眼睛,那么温暖,多好的一种感觉,只有在他的眼前,我才会有被娇宠着的感觉,但不是爱。没有了陈易南,豆蔻都很少来了,没什么奇怪的,本来,她就是为陈易南而来。

谢一其又惹我哭了几次,在他面前,我总那么爱哭,他一个不经意的眼神,或一句略微刺耳的话,都会惹出我的泪。他嘲笑我泪腺发达。陈易南不会的,他说:女孩子,只有爱了,才爱哭。谢一其却想不到。

没了陈易南,我只能和所有市民一样,喝黄河水。

一个周三下午,谢一其和大四球队比赛,他从场上冲下来问我:有水吗?

我递给他一瓶用娃哈哈纯净水瓶子装着的白开水,他仰头咕咚咚喝完,然后问:怎么那个傻小子不给你送纯净水了?

谢一其是知道陈易南的,我呆呆地看着他,我说:谢一其!我可以不爱,但,我不能容忍别人对陈易南的轻视。

他笑了一下,无所谓的样子,冲进场去,我的泪水却再也忍不住,在尘土飞扬的操场上,我一个人流泪,一个人擦,谢一其到了场上,都没有回头看一眼。

我跑离伤感的操场,想逃开,唯一可去的地方,就是陈易南的家。没有乘车,一路走走停停,不停地过马路,有必要和没必要过的马路,都穿过去,一些温暖,一旦被温习,就有了心碎的感觉。

敲开陈易南的门,我看见豆蔻,她坐在客厅里,是我没有想到的场景,忽然地,我就不想进去,心在一瓣瓣的开花般的疼。

豆蔻是个聪明的女孩子,她说:小米,你怎么了?就拉我进去,我坐在陈易南的客厅里流泪,和往常不同的是,我再也不能坐在他的床上,肆无忌惮地哭泣。

陈易南没有问我,只有豆蔻牵着我的手。原本,她是没有错的,我告诉过她,我不爱陈易南,他们有充分的理由在一起,只是,我这样的闯入,很不合适。

这次,泪没有自己停住,我无论怎么擦,它们都还在流,我只好去卫生间,水和泪交流在一起,擦脸时又闻到了毛巾上木瓜洗面奶的温暖气息,不属于我。

我直起身,看见陈易南站在身后,我对他笑笑,说:我没说错吧?豆蔻不错的。

他说小米。我从他腋下钻出来，在客厅里，我和豆蔻，两个曾经莫逆的朋友，相对无语。我走的时候，豆蔻偎依在陈易南身边，我说：豆蔻，多好，你们在一起了，谢一其还等我回去看电影呢。

我转身，眼泪飞快地落。谢一其，我再也不想见了。这样说，只是想让豆蔻和陈易南的爱情继续下去，豆蔻一直对陈易南那么好，不爱都是不该了。

回学校已是晚上，谢一其等在寝室的楼下，看见我，他跑过来说：小米，你跑到哪里去了？

连我为什么伤心他都不知道，我看着他，只是说：谢一其，我不想给你洗球衣了。

我不只是不想给你洗球衣。然后，我慢慢说：谢一其，我和你，也不想爱了。我上楼，他被传达室大爷拦在门外。

一切结束了，就连泪都没了，想一想这场只和洗衣粉有关的爱情，连伤感都有点奢侈。

后来的周末，豆蔻偶尔会来我家，陈易南也会来，依旧带着水果，我们坐在客厅里看电视，吃水果。

春天来了时，豆蔻说：小米，我们去郊游吧？这时，豆蔻和陈易南的爱情已到谈婚论嫁的地步，对于我，豆蔻已不忌讳。

去郊游，豆蔻提议带点水果，陈易南问我：小米，你想吃什么水果？

我想起第一次看见陈易南，和哥哥一起，在街上，他问：小米米，吃什么水果？不由自主的，我再一次说：菠萝。

陈易南买了菠萝，在郊区的海边，我们支好吊床，边聊天边吃东西，经历一场爱情就让我变得成熟，学会适当地沉默不语。

当陈易南拿着菠萝说：谁带刀子了？我们都摇摇头。

陈易南看着我，说：小米，我用嘴巴啃掉皮，你介意吗？

我摇摇头，豆蔻看陈易南一点点地给我啃菠萝皮。就这样，我们眼看着陈易南的嘴巴一点点肿起来，当他用越来越肿胀的嘴巴把那只菠萝皮啃干净递给我时，嘴巴只会动，已肿胀到说不出话。

我和豆蔻，都已泪流满面，豆蔻说：小米，还有什么更能证明一个男人的爱？本来就不属于我。

豆蔻丢下我们，跑远，而我，对着那只参差不齐的菠萝，哽咽。

草环新娘

巴布住在邻家，却不是邻家的孩子，他的家在白雪皑皑的东北森林里。那么小的孩子，就有了修长的腿，脸上有茸茸的毛毛，阳光下闪烁如金，他总是套了整齐的小小军便服，腰里有黑黑的玩具枪，脖子上挂了金灿灿的喇叭。

他喊邻家的男女叔叔、娘娘。他父母是军人，所以，他有乡下孩子不曾有的军便服以及一些特别的玩具，拥有与乡下孩子不同的气质或威风。

巴布和我一墙之隔，长满柔软青草的墙上，早晨就有巴布的脸，隐没在太阳的光晕里，他喊：西西。我就出来。他举着牙刷说：不要吃掉牙膏啊。我说：啊，没吃。然后给他看刷干净的牙。

我总是吃掉牙膏的，那么好闻的水果香，像糖，我控制不了想吞咽的喉咙。

巴布大我半岁，我像一只铃铛，跟在他身后，摇晃在乡间的田野上，蚱蜢以及蜥蜴什么的都怕我们。

春夏秋冬里，田野中的毛笋、知了以及野果，统统是我们猎取的对象，巴布常常说：西西，闭上眼。我顺从地闭上眼，就有酸甜的野果触到唇上。

玩过家家时，别的孩子们都说：西西，你做巴布的新娘子。就有草环扣在头上，被巴布牵着，走进茅草搭成一圈当作的房子。我们分着草籽来代替喜糖，真的，那一刻，我想：我愿意做巴布的新娘子，一辈子，被他牵了手，头上扣了草环。

巴布总是一边说我笨，一边拉了冰橇，童年的快乐飞扬在冰封的河面上。

不知道什么是爱情的童年，我一直向往和巴布一辈子都滑行在冰封的河面上，和他一起吃野果，让他看我刷干净的牙齿。

隐约听到巴布是要走的，就跑过去问：巴布，你真的会走吗？

巴布一脸茫然，摇头说不知道。我就感到快乐。从记事起，我的生活中就有巴布的，我总以为这样的日子，会天荒地老一样的漫长，让我们看不到尽头。

终于，从大人的闲聊中知道巴布要走了，父母不放心农村小学的教育质量，要来接他回去读小学了。

那年，巴布已六岁。知道这个消息后，我很久很久没有笑过。巴布的毛笋也都惹不出我的笑。巴布说：西西，你怎么了？

那么小，我哭的时候，居然是没有声的，泪水吧嗒吧嗒滴在巴布手里的毛笋上。

巴布就看我掉眼泪，他很奇怪我为什么只流泪而不哭？

后来，我问巴布：你要走了，对不对？

巴布不解，后来知道，大人一直是瞒着巴布的。我说：巴布你要回去上学了。

巴布不相信：这里也有学校，为什么要回去读书？他问我为什么，我也不知道。

忽然地我问巴布：你走了会不会想我？还会不会回来给我采毛笋？

巴布望着我，清澈的眼睛里慢慢晶莹，从那个时候起，我就知道，孩子也是有爱情的，干净纯净到与大人的不同。

怕啊怕的，巴布的父母还是来了。巴布终于证实了自己的走，一个晚上,巴布呆在我家不走,一句话不说地低着头,我坐在小凳上,和巴布保持一样的伤感缄默。

巴布忽然拉起我的手,蹿进村东的小河边,那么清朗的月光里,巴布说:西西,你一定要做我的新娘子。

我说好,就流泪了。巴布采呀采的,采了那么多花花草草编成花环戴在我头上,巴布说:西西,你已经是我的新娘了。

巴布牵着我,一直走在小河沿上,走了很远很远,一点点怕都没有,在那样静悄悄的夜里,四周都是青草和花朵的甘冽香气。直到听见大人隐约而焦灼的喊,我们才在小河边坐下,一直等到几束明晃晃的手电筒照过来,才恹恹地跟了回去。

被大人牵着,到家门口就分开了。那晚,直到睡觉,我不忍摘下花环,偷偷举着镜子,看啊看的,美丽得不成体统的感觉,那是童年的我最最美丽的一天。

早晨,还没起床,就听见隔壁的喊,是巴布的:叔叔救救我,我不走。

飞快跑出去,看见巴布已经被塞进吉普车上,大半个身子探出窗子,张皇着手喊:西西、西西……

我望着他,有片刻的木讷,然后,有泪落下来。

巴布走了,一下子就消失,只有那个草环,挂在墙上,被风慢慢吹干,慢慢褪色,一点点失去了美丽的模样。

等待巴布回来,几乎占据了我的童年,没有人明白我小小年纪里的莫名忧伤。

我等待长大的日子那么漫长,终于长到可以自己出远门了,离开家,到很远很远的城市,开始一个人的生活,很多时候会想起巴布,现在是什么样子了,会不会偶尔想起童年里的草环新娘?会不会有莫名的忧伤,如我?

青春的日子里,爱情是逃不开的事情。每一次的爱,都淡淡散去。夜里,总会被一种感觉侵袭,一直在固执地认为:有那么一个纯净的孩子长大了,我们的分离,不过是短暂的丢失彼此,他就在世界的某一个角落,静静地,等着我的到来。

所以,青春里,很久一段时间,爱情来了,我从没期望过结果。因为我要等待某一刻里,我和巴布,静静地、静静地在茫茫人海中发现彼此。

无舟可渡

在我们相识的最初，李椋就已宣告与爱决绝，可是，我喜欢这个长相粗糙却信奉理想主义的北方男子，像一个患上了失心疯的女子，每日里追着他的影子、他的消息，他却连一个正眼都不肯给，说话的语调，仿佛我是从邻家跑出来的未成年孩子，他总用长者的口气叫我丫头，其实，他比我不过大六岁。

我说李椋你要叫我的名字——卢小弥。

他不肯，就像他逼我喊他哥哥，我却始终喊他李椋。

究竟需要一份怎样的过去，才能令他对爱这样决绝？

李椋从来不说，如同生来他就是个野人，没有家人，没有值得叙说的过去。

他的过往我无从想象，从他的职业上我知道，他受过良好的教育，读过不少书，我认识他时，他已是京城鼎鼎有名的文化策划人，他从不积累财产，把所有的利润投在了拍摄小电影上，不以赢利为目的，纯粹的个人爱好。

他很少笑，做事专注得好像整个世界都已遁去。他心情好时，会领着我满街乱跑，腿那么长，懒洋洋地晃荡在熙熙攘攘的街道，我追在身后，喊他是一只信奉理想主义的猪。

每每这时，他便说我是一匹追随理想家的小猹，是鲁迅笔下那种流窜在西瓜地里的、皮毛光滑行动敏捷狡猾的小小动物，他说我周旋在他身边的姿态，极像一匹小猹，矫捷而勇猛。

他知道我有多么爱他，可是他却说："小猹，我的心已经死掉了。"说完，倚在街边的栅栏上，望着川流不息的车子，眼神苍茫而空洞。他的心里，藏着我看不见的疼，不与任何人分担。一如他不肯分一点爱，安抚我备受煎熬的心。

我定定地看着他，眼睛不眨一下，他盯着街面，我仰起头，在此起彼伏的汽车鸣笛声和司机的愤怒呵斥里走向街心。然后，泪流满面。

他在身后焦灼地喊着小猹小猹，没有追过来，我们就这样隔着车流，没有目的地向前走去，直到他翻过栅栏，抓过我的手拉到街边，恨恨说："你嫌在路边喝的汽车尾气浓度不够呀。"

我望住他慢慢说："李棕，我爱你。"

然后，钻进他暖而宽阔的怀。他的手在我肩上轻轻拍了几下，我听到了一声长长的叹息，从他胸中滚过。

那是他第一次拥抱我，也是最后一次。在 2006 年的秋天，在北京海淀区的街上，28 岁的李棕拥抱着 22 岁的我。落叶在风中刷刷地跑过我们脚边，我失去了他。

我的大四生涯，沉浸在对他无穷无尽的想念中度过，据说，李棕带着理想去了昆明。

2007 年的春天，我飞翔在前往昆明的天空，一路上，我紧紧地拥抱着自己的胳膊，以怀念来自李棕的拥抱。

飞机落地之后，我奔向昆明的报社，我掏出钱包和早已写好的广告词拍在晚报广告部的写字桌上："帮我刊登一个寻人启事。"咕嘟咕嘟喝完仅剩半瓶的矿泉水，穿过所有的目光走到饮水机前，接满，盖好，塞进包里。因为，爱情让我那么无畏而勇敢，付出寻人启事的广告费之后，我的钱只够买一只椰蓉面包，不知明天会怎样，更不知道未来，隐藏在昆明某个角落的李棕，是我唯一的救星。

晚上，我在车站候车厅呆了一夜。第二天，我像个小无赖一样呆在报社接待室，因为除却此处，我不知该让李棕去哪里找我。就在这天下午，一位女孩子拎着报纸找到我，她迎着我敌视以及疑惑的眼神，微笑说："我的朋友曾经认识李棕，但是，我不能确定你是否能找到他，如果你愿意，就跟我回家，等他来找你吧。"

后来，她成了我在昆明的唯一的朋友——新晴，她偶尔会告诉我一点李棕的消息，破碎而飘渺，譬如，他来昆明并不是为了拍小电影；譬如，他忙得行踪不定，她不能保证什么时候才能找到他。我若再想问其他，她便抿了唇，忙些别的去了。

我睡在她的床上，喝光了她储存在冰箱里的酸奶，在悲怆而茫然的时候，我总要拼命地喝东西吃东西。可食物并不能塞满内心的空洞，我不停地消瘦，像单薄脆弱的纸，在温暖的空气里，散发着干燥易碎的气息。

一晃就是十几天，新晴下班回来，没像往常一样随手关上虚掩的门，她看着我，嘴角挂着一丝神秘的微笑。

我想也不想，从沙发上跳起来，来不及穿拖鞋，冲过去，一把扒拉开她的身体，冲到门外。

门外的李棕披着两肩夕阳，只是他眼里除了无可奈何，我找不到喜悦。可我顾不上那么多，扑向他的胸膛，把脸贴在他心房上，流泪。

那天晚上，李棕请我和新晴吃贵州菜，我几乎没吃东西，痴痴地看着他，他用筷子轻轻地敲了一下杯子："小猪，看我看不饱的，吃菜。"

我粲然地笑了："你就是我的粮食。"

李棕有点尴尬地笑了一下，自语般解嘲说："怎么还像个五岁的孩子。"

昆明是花的城市，夜晚的街上，有不少半大孩子挎着花篮在人群中穿梭，央着路过的情侣买花，便宜得像白捡，5元钱就能买一大抱玫瑰。

李椋买了两束扶朗后就拉出一副要告别的架势，我把扶朗塞进新晴怀里，拽住他的胳膊，用很大的声音说："我要跟你回去。"

周围有目光射来，李椋讷讷地看着被我抱在怀里的胳膊，像是忽然的不知该怎样处理我这只千里迢迢奔来的小猹，有点尴尬地看看新晴："你不是和朋友住在一起吗？"

"在我找不到你的前提下新晴才收留我的，难道你要她收留我一辈子？"

新晴抱着细细的胳膊，抿着唇看着我们，笑。

最终，李椋还是投降了。

和新晴分开后，他一直沉默。他的家其实是套二居室，进门后，他头也不回地指着某个方向说，哪是卫生间哪是卧室哪是厨房，像告诉新员工工作工具在什么地方。

只要在他身边就好，即使我是他眼里的一匹小小的猹，也应该是一匹皮毛光滑的温柔的小猹。

可现在，我真的像只警觉的小猹，在李椋的房子里走来走去，试图在某个角落发现一些令我心疼的秘密。

还好，我幸福地失望了。

李椋坐在沙发上，默默地抽烟，不时抬眼扫我一下，很快，房间里就烟雾腾腾了。我拉开窗子时，一件浴袍落在我肩上："洗个澡，早点休息。"

我的脸忽地就红了，抱着浴袍钻进卫生间，热水哗啦哗啦地淋下来，我却哭了，每一颗眼泪都是甜的。

浴袍是新的，却是男款，它空荡荡地笼罩了我的身体，一如儿时我偷穿妈妈的连衣裙。

抹掉镜子上的水汽，我看到了一张湿漉漉的妩媚着的脸，弯曲的黑发贴在散着淡淡红晕的脸颊上，我努了一下嘴巴，低笑说："小猪，我爱你。"

客厅是静的，电视机开着，没有声音，只有画面在寂寞地转换着。我捂着胸口，倚在卧室的门上，等我的，却是一张纸条，静静地躺在床单上。

李椋去朋友家睡了，他告诉我吃的都在冰箱里，睡不着时，可以看碟，它们在CD架子上。

我没吃东西也没看碟，而是躺在床上流泪，它们无声无息地洇进了散发着微苦的棉花气息的床单上。

纵使我心甘情愿做了那只扑向灯火的飞蛾，李椋却不愿做让飞蛾幸福毁灭的火焰，未曾有过的绝望，汹涌澎湃地淹没了我。

李椋给自己定好的位置，停滞在我爱情的对岸，我将永远的无舟可渡。

我脱下睡袍，叠得整整齐齐，放在床的中间，它们整齐而尖锐的棱角慢慢划过了我的身体我的心。

是夜凌晨，我站在新晴的门口，平静地说："能帮我找份工作吗？"

她点了点头，递给我一盒酸奶，什么都不问，默默地看我喝酸奶。房间里芳香四溢，所有的花瓶里都插满了扶朗，像小小的太阳，散射出刺目的光芒。我扔开空掉的酸奶盒子，跳起来，一根根地从花瓶里拔出，扔在大理石地板上，死命地踩，没有泪。

有泪，是心还有爱未曾死去；爱死了，泪也就干涸了。我不知道李椋的心过去曾在哪里停留，而现在，在哪里飞，我要不到他，纵使他目睹了我在奔向他的路上，披荆斩棘。

新晴帮我找了份在报社做见习记者的工作，我套着牛仔裤，穿着柔软的平底鞋子在昆明的大街小巷跑来跑去，昆明温暖的阳光让皮肤渐渐呈现出优美的麦色。新晴晚上经常出去，有时也会彻夜不回，譬如门口的那双号码巨大的男拖鞋、衣橱里的男款衬衣以及洗手间台子上的男用剃须刀，都是一个缄默而明显的故事。她不去掩饰我没必要好奇，爱情是件太私人的事，如果她想让我知道自己便会说了，我对所有追问得到的答案都不感兴趣，这样一个优美而纤细的女子，注定是爱情的宠儿，像惹人怜惜的扶朗花开。

她在家时，和我坐在露台的摇椅上说着散漫的话，她指着我胳膊说："即使你在见习期，也没必要这样卖力气的。"

我笑了笑："忙起来，我可以忘记所有的疼。"

她抚摩着我胳膊上的皮肤，许久未曾说话，回房间时，她幽幽地说："曾经，他被伤得太深了，爱情于他，就像一场瘟疫。"

我们谁都没提李棕的名字，却都知这个他是谁。

我说："你都知道些什么？告诉我好吗？"

"总有一天你会知道的。"新晴笑了笑，进房间去了。我呆呆地站在露台上，皮肤上黏着阴而冷的雾气，它们爬进了我的眼睛，凝于睫上。

我总是一次次地失去他的消息，他却永远知晓我在哪里，若是找来就是无爱的纠缠，他找来做甚？若是找去便是受伤，我又去撞额做甚？所以，每次情不自禁靠近他的家时，我便伫立在街心，静静地看，再黯然转回。

我不知自己在等什么，或许，我只是盯住了李棕面容，问：究竟是我哪里不够好？而他，究竟好在哪里？让我所有的自尊在爱情面前匍匐在地？

新晴说自己不是个好女孩。

我否认，在我眼里，她是纯洁的天使，心地柔软善良。她听了，只是笑，然后，我慢慢知道了她的故事：她爱上了挚爱着她的男子的哥哥，那时，她那么热衷去他家里找他，其实，不过是为了见到他的哥哥；他那么的幸福却永远不会知道，偎依在自己怀里的女子的耳朵正悄悄竖起，生怕漏掉来自隔壁的丁点消息……直到某天，他想打电话给她时，在分机里听到了心爱女子的声音，她哭泣着哀求他的哥哥不要疏远自己以及他哥哥的长长叹息。

他静静地听着，听着，身体坠落在地板上。后来，他们听到了他苍凉而颓败的声音："你们……好好相爱，我走了。"

新晴就失去了所有关于他的消息，她和他的哥哥带着负罪的爱情，离开了北京，来到了昆明。

我看着她，眼睛张得很大："可是，为什么我没有看见你的他？"

"他在医院，患了肝癌，没有多少时间了。我一直在想，是不是上帝在报复我们的寡情？"说着，泪慢慢滑下她苍白的面颊。"可是，我爱的是他，哪怕拿我的命去换，为了他，我倾尽所有，我请了陪护工人，我必须工作赚钱，哪怕这点薪水对于他的病只是杯水车薪。"

那夜，静得无风，两个为爱殉道的小小女子，相互握着彼此的手，坐在地板上，无话可以相互安慰。

第二天，我买了大抱的鲜花去探望新晴的男友，一个瘦得只有了骨架的男子。除了锐利的轮廓，我看不出这曾是怎样一个英俊帅气的男子。他张着眼睛看着我们，连笑的力气都没了，可，他看新晴时，眼神那么的暖，暖得让人心碎。

报社来电话说有采访任务，我匆匆离开病房。在走廊里，我看见一个戴墨镜的男子低头匆匆掠过身边，虽然我无从看清他的脸，可是那长长的腿的摆动姿势，我太熟悉了，熟悉得一见，心就会一揪。

我犹疑着向前走,在走廊尽头,我还是忍不住回头去望。却见他进了新晴男友的病房。揣着疑惑,我悄悄转回,在病房门外,我听到了李椋的声音,他抚摩着新晴男友的脸,叫他哥哥。虽然他的面容是如此的平静,虽然他的声音是如此的常态,可,我还是听到他内心的悲切,无从掩饰。

我的心,轰然的一声,明白了所有。

李椋离开北京,并不是为逃避我,一个连爱都不曾有过的女子,令他有甚可逃避的意义?他到昆明,只因知道了哥哥的病情。其实我来昆明,在新晴带我回家的第一天他就知了,却不肯见,至于那唯一的一次相见,想来,不知究竟耗费了新晴多少口舌。

哥哥拿走了李椋的爱情,可是,无法拿走他和李椋之间的亲情。

我再也没有提起李椋,也没问过新晴,怕是一问,就碰中了她心中柔软的疼。

半个月后,新晴的男友走完了他所有的生命历程,他把新晴和李椋的手合在一起,死死地握着,说不出什么,只有大颗的泪滑下了脸庞,在睡梦中去了天堂。

处理完男友的后事,新晴说要去外地散心,不肯告诉我们去哪里。她拖着一只小小的行李箱远离了我们的视线,再也没回来过。偶尔,我会收到一张明信片,地址都是不同的城市。我知道,她是怕我们担心,所以,用这种方式报与我们平安的消息,却不肯多写一个字。

我已不再向李椋索取爱情,在一起时,我们很少说话,只是当他抽烟太凶时,我默默夺下他的烟,一声不响地撕碎,扔掉。

后来,当李椋问:“小猪,如果你非常想嫁给我,我们就结婚吧。”

我笑着看他，久久不语，我明白，这不是爱，只是一个善良的男子，在了却一个小小女孩的心愿而已。

这样的爱，我该不该要？没人帮我回答。

爱情是个优美的传说

街上弥漫着苦涩的香，将每一颗行走的心微醺若醉地侵略，街侧的菊花，正是蓓蕾若樱花细的唇，吐着微微的苦香，在浅秋里初绽，像极了璎珞心里的爱情。

这个秋天伊始，璎珞每天必然走过这街，四次，两个往返——从家到学校，从学校到家。其实，这并不是家与学校之间唯一的通途，更不是捷径。

只因这条路可横穿金口路！金口路 11 号是璎珞眼中最为华美神秘的世界，春天一到，那幢德式的老楼恍如在一夜之间被春风吹醒，郁郁葱葱的爬墙虎张着嫩绿的手掌，将整栋老楼装扮成了植物的宫殿。

在宫殿里，住着璎珞的范城。他有副成功逃过了变声期涂炭的好嗓子，喜欢坐在教学楼的门廊上微闭着双眼唱歌，套在牛仔裤里的长腿一荡一荡的，好像世间万物皆不在眼中，可，他并不叛逆，是个平和的男生，有着能将人融化掉的温暖眼神，所以，尽管他学习成绩平平也不爱出风头，仍有很多女生对他趋之若骛。

她们常常隔着几张桌子说范城我们可不可以去听你家的胶木唱片？

她们在放学之后跳到他面前说范城可不可以去你家复习功课？

范城就说好啊。

从不拒绝也不主动。可,这些声音里从没有璎珞,尽管她很想,尽管她想得心都隐隐作疼了。

每每这时,璎珞总是低了头,拿出一支铅笔,慢慢地削,灰褐色的木屑落了一桌,像她的心事,没人懂没人收拾,她边削边自问:被削的铅笔会不会感觉到疼呢?

铅笔不会说话,她的心似铅笔,已在那些招呼范城的亲昵声音里,一点点被削薄了削小了,找不回了。

大多时候,只有范城远去了,璎珞才能抬眼,远远地观看他的背影,逢着有人远远喊璎珞时,她惶惶地将目光按倒在地,藏起。

璎珞喜欢暗自里与其他女生比的,一直将心比出了哭泣。是的,她那么瘦,面色苍白,像株营养不良的绿叶植物,而她这个年龄的女生,已如夏季的花朵,纷纷扰扰的摇曳着惑人的芳香。

璎珞羡慕那些坐得离范城近的女孩子,一扭头就能看到范城,只要愿意。

她要看到范城,需要站起来,转过身,然后暴露在全班的视线范围内,因为她在第一排,而范城在最后一排。

让全班人都洞穿自己的心事,璎珞没那么勇敢。高中三年,她离范城很远,就像两个被偏见隔绝在同一间房子里的陌生人。

直到毕业典礼上,璎珞唱了一支歌,田震的《月牙泉》,在热烈的掌声响起来时,璎珞忽然弯下腰,捂着脸哭了,一颗又一颗的泪,从指缝里挤出来,落在脚趾的豆蔻上。

因为,她看到了范城,用温柔的目光笼罩了她,似有万语千言。

从那天起,璎珞知道了世间最远的距离,不是海洋阻隔了大陆,而是,一双眼与另一双眼之间的距离。

她从未见范城用那样的眼神,看过任何一个女生。

范城把单车滑到璎珞面前:璎珞,我很惹人讨厌吗?

璎珞摇了摇头,一群鸟在天空飞过,像被风携远的褐色树叶,她想起了那些令她忧伤的铅笔木屑。

可,我感觉你总是在躲避我。范城扔下这句话就骑着他的单车滑远了,璎珞看着他的单车轮子在阳光下闪烁着婆娑的银色光泽,像旋转而去的钻石碎片,渐渐远去,消失在潮湿的夏季空气里。

眼睛有点生生的疼,然后就有泪滴在脚边,她慢慢蹲下,用食指在泪水的周围写范城范城……

有个影子投在了这些字上,食指上有尖锐的疼钻进心里,然后,那只手就被人捉在了掌心里:璎珞,你可不可以再唱一遍《月牙泉》?

后来,范城的单车驮着璎珞轻盈地颠簸着,她轻轻地唱《月牙泉》。

再后来,整个暑假,范城总是在楼下,按响了单车铃,对探出头来的璎珞说:你可不可以陪我一起唱支歌?

璎珞就像花朵旋转下楼,在他的单车上轻快地唱歌。其实,她多么想,范城会说璎珞去我们家听那些古老的胶木唱片吧。

班上所有女生都听过,可,对璎珞,他不肯说。

范城拉着她的手在浅滩上边走边唱时,她的掌心里,汗水如洗,范城就将她的手摊开在掌心里:给你晒晒。

他知道她爱他,却什么都不说。

一个人的爱情是件忧伤的事情。一次,她和范城坐在海滩上,相互望着,唱歌,或是笑,范城用细细长长的眼睛笼罩了她,尔后,手指在沙滩上划出几个字:璎珞,你有没有爱过?

璎珞的脸,在夏季的阳光下微微泛酡,她没答范城的问,而是在沙滩划下同样的问:你呢?

范城歪着头看她,咬着唇笑,然后唱了一支歌。

每每瓔珞哼起那支歌，就会有泪顺着脸颊慢慢滑落，范城唱了田震的《执着》，范城唱完那支歌就从瓔珞的世界消失了，像一滴水，消匿在无影无踪的空气里。

他最终还是什么也没说。

瓔珞去过几次金口路11号，老楼墙壁上的爬山虎黄了又绿，绿了又黄，老楼的门锁上落着厚厚的灰尘，她趴在窗子上向里看，只看到了一片绝望的黑。

同学聚会时，有人说起了范城。那个坐在教室外的门廊常荡着长腿唱歌的男生，她们用了惆怅的怀旧口吻，那时的瓔珞，已是大三了，唇盈齿皓，黑发似缎，她坐在一隅静静地听范城，美好的，传说一样的范城，据说他在高考结束后就被父母接到了美国。

那次聚会，除了必要的客套，瓔珞一语未说。回家的路上，她绕到金口路11号，望这栋日益寂寥的老楼，兀自笑了一下：原来，有些暧昧永远结不出爱情的果。

那个夏季，那个驮着她绕城唱歌的范城，只是有些寂寞，有些即将离去的惶惑。

在他的世界里，爱情还没有光临过。

回学校后，瓔珞就去找了童嘉，嗅着一朵鹅黄鹅黄的连翘说：如果你还在坚持爱我，那么我答应做你的女朋友。

童嘉追她，从大一开始，为她抢座为她扛着行李去排队买卧铺票，为她做了所有他能做的一切，而瓔珞，总是淡淡地笑着说：我有男朋友了，真的。

童嘉不屈不挠：除非你让我亲眼目睹，即使我亲眼目睹也要等到他娶了你，我才肯死心。

三年了，不是每场爱情都经得起时间的考验，何况，她一直没有答应。

大四上学期,因为拥有了璎珞的爱,童嘉成了幸福的小男生,他们一起逛街吃饭甜蜜地吵嘴,偶尔,童嘉会拧着她微微上翘的小鼻子问:璎珞,你为什么要骗我?

璎珞瞪大了眼:我何曾骗过你?

为了拒绝我,你说有男朋友了。

璎珞嘟着美丽的嘴巴笑,说是啊,我为什么要骗你呢?爱情多好啊,我真傻。嘴角的笑还在翘着,其实心已如浮在水面上的海绵,缓缓地下沉,想起了那个驮着她绕城唱歌的男孩,他的歌声忧郁而尖利,是种纯净的金属质地,像一些锐利的刃,划过了心底,支离破碎。

想到这里,璎珞兀自地摇了摇头,每个人的青春里,都要遇上一场甚至多场动了心却不能归属的爱情不是?

毕业说来就来了,那些看不清去向的未来让璎珞和童嘉之间变得越来越沉默,他们总是相对无言地吃饭,然后穿过熙熙攘攘的学生,坐在操场的边缘,看着灰蒙蒙的天空。

依旧是沉默。

童嘉说:璎珞,你跟我去南方么?

璎珞捏着一朵晚饭花,轻轻吹气:为什么你不随我去北方呢?

又是沉默。

再也没有见过童嘉,在渐渐空下去的寝室里,璎珞偶尔还会想起他,想得嘴角浮着一抹微微的冷笑,到底还是被前人说中,校园爱情就像易碎的水晶杯子,剔透优美,一经现实碰撞便成了破碎。

一场可轻言放弃的爱情不过是场打发青春寂寞的风花雪月游戏,缺乏足够的诚意,想到这里璎珞便开始收拾行李。

回到北方干燥的夏季,璎珞看报纸的招聘信息时看到了一则寻人启事:瓔珞,我在你的城市等你,请给我你的消息。

拨通那个陌生的电话号码,听到童嘉的声音时,泪水顺着瓔珞的脸落下来,缓缓的。原来,最真诚的爱情不是用来表白的,只是默默地、默默地追寻着爱人的踪迹……

去见童嘉的路上,她特意绕了道,去金口路 11 号,想最后看一眼那栋老楼,向那场不曾开始却被她耿耿于怀的爱情彻底道了别离,仰头去看的瞬间,她忽然地揉了揉眼睛:一个瘦瘦的男子,当他的目光看到了瓔珞时,在老楼晒台栅栏上一荡一荡的长腿停止了摇晃,向着她扬手:瓔珞……

瓔珞几乎不能记得范城都说了些什么,只在他说瓔珞我知道你会等我的时,瓔珞怔怔地看着他,慢慢说:范城,我男朋友在等我。

说完,她哒哒跑远,不去看范城的表情,只在拐过街角时,泪水飞一样奔跑在脸上。扑进童嘉怀里时,她低低地哭泣着说:你为什么不早些说你在这里等我?

注定了,那个优美的范城,只能成为她一个人的爱情传说。因为他说知道自己即将去英国,而他不知道爱情是否打得赢四年的寂寞,所以,他的爱,要等到回来才能说。

拒绝是爱情的另一种姿态

大二上学期,安澜乘 11 路公交车摇晃到廪生豪华而阔大的家里,为他双目失明的奶奶读报纸或是陪她聊天,赚的钱勉强维持一日三餐。

那时,她还不知廪生的存在。

去了十几次,她才和廪生遭遇。

她们在阳台上,奶奶的白发在夕阳映照下散发着金子的光泽,安澜倚在栏杆上读本市新闻,读完时,忽然响起了一阵掌声,她就看见了高高的廪生。

再后来,安澜去,总能遇见廪生,或是廪生不在,奶奶也会说起她做见习医生的孙子,讲他小时候的顽皮讲他在幼儿园被阿姨们喜欢被口袋里装着糖的小女孩子们围绕,安澜安静地听着,脸上渐渐有了喜欢。这喜色,偶尔会被突然间闯回家的廪生看见,他直直地看着她,目光像火种,将她的脸点燃了,像一朵羞涩的花。

廪生故意地围着她转来转去,说:你的脸色真好看。

20 岁的安澜就更是慌张更是脸红,对爱情,她只是浅有所解,并未实际遭遇。

华发的奶奶,安详地抿着瘪瘪的嘴巴,无声地笑。

三个月后,安澜与廪生恋爱了,她依旧去廪生的家给奶奶读报,却不肯收费;她重新找了一份工,晚上去一家冷饮店卖冰淇淋。

小童就是这样认识的，他也很高，看上去很帅，喜欢斜着眼睛看人，额上漂染了一缕金黄色的发，他大口大口地喝着冰镇雪碧，用带有逼视色彩的目光看着她道：下班后我带你去兜风，可好？

他有辆马力很大的本田250摩托，总是轰鸣而来又轰鸣而去，是这条街上著名的混混，总在不停地换工作，喜欢吹牛鄙视卑微，对很多事情忿忿不平。

安澜头不抬眼不睁地说：对不起，我没时间。

小童还是每晚都来，依旧是大口大口地吞着冷饮说：下班后我们去兜风，可好？

安澜干脆就不说话了，亦不看他，若是没有顾客，就抱着胳膊，望落地窗外的街道。混混小童擎着一瓶冰镇雪碧或是可乐，毫不掩饰钟情地盯着她，偶尔会自言自语地说：你真可爱。

安澜的沉默，就有了不屑的姿态。

很快，廪生知道了小童的存在，在每个夜晚，他亦来接安澜，遇到小童，他们像沉默的兽，立在冷饮店里。安澜的心，狂狂地蹦跳，无比地盼望着快些下班。

时光好像在夜晚放慢了脚步。

她听到砰的一声响，一只瓶子碎在了廪生脚边，安澜浅浅地叫了一声，捂上了眼睛，透过指缝看见她的廪生，像一只愤怒的狮子冲向了小童，两只愤怒的兽在店堂里扭打起来。然后，是东西坠地的响声，还有女孩子的尖叫声。安澜张着双手，不知怎么才好，只是拼命地叫：你们别打了别打了。

她的叫声管不住两颗被愤怒燃烧的心，就在她试图伸手把廪生拉走时，不小心卷入了战争，不知谁甩了一下手，她就重重地摔倒在墙角。忽然之间，千头万绪的疲惫袭上身来，有股热热的液体顺着额头流了下来。她想伸手去摸，手却不听话，就在这个刹那，整个冷饮店静了下来,静得变成了一片黑暗,黑得她什么都看不见了。

安澜是在医院里醒来的,廪生坐在床沿上,低着头,一声不响,他的眼睛很红,好像哭过。

安澜拉了拉他,他望过来,和安澜笑,可那笑里,有一丝苦涩。安澜觉得。

她坐起来,头还有点晕,廪生拦着,不肯让她下床。

安澜说不过碰破了一点皮,没事的,不需要住院。

廪生从背后抱住了她,他不说话,只是将下巴抵在她的发上,死死地抱着她,不让她动。

安澜不想在医院耽搁下去,因为她没有钱,连学费和生活费都要靠打零工赚,虽然廪生家很有钱,但是她一直觉得廪生家的钱和自己没关系。

她习惯了坚强、独立,并且自尊得经常惹廪生生气。

她扭过头,看见有大朵的泪花绽放在廪生眼里,她伸手给他擦泪:没事的,我只是擦破了一点皮而已。

廪生眼里的泪便汹涌而下:安澜,你已昏迷了两天了……

安澜就笑了:就擦破一点头皮能昏迷两天,你少来玩笑我了。

可,这是真的。

安澜患了肾衰竭。

在医院院子里的石凳上,廪生告诉了安澜真相。安澜一句话都没说,她望着天空,觉得它突然变得昏黄了,那些轻盈的云朵,仿佛化做了沉甸甸的石头,在她头上徘徊,不知什么时候,就会危险地坠落。怪不得最近她总是觉得乏力、头晕,原先,她以为只是营养不良而已。

安澜慢慢地站起来，向学校的方向走，连哭的力气都失去了。

廪生跟在她的身后，他说：安澜，无论怎样我都爱你。

安澜不说话，她听得见自己的心，一滴一滴地坠落在冰冷的街面上。

走了整整三个小时，她回到了学校。站在门口，她淡定地看着廪生说：不要送了，我好了，真的，我没病。她找不到更好的办法抚慰自己惶惑的心，只好想，就当根本没生过病，不要去承认它的存在它就不在了，据说有很多病，心因能够镇压病理。

廪生向前走了一步，想将她拥在怀里，安澜一闪，躲过了：别这样，我会难受的，你知道的，我讨厌垂怜。

说完，她就漠然地往寝室走去。是的，就她的家境来说，肾衰竭意味着什么呢？缓慢的死刑罢了。一个将死之人，再奢谈爱情，对另一个人，是自私的。

关于病了的事，安澜对任何人都没说，她只是变得有些沉默了，总是心事重重的样子，一个人来去。

她给奶奶打了电话，说最近功课很紧，不能去给她读报了，然后依旧去冷饮店卖冰淇淋。小童依旧去，喝着冰冷的雪碧冲着她暖暖地笑。廪生也会来，把车子停在街边，沉默地坐在那里看她，满眼是疼。她忍着不去看，看了她也就疼了。

她总是在下班后垂着眼皮从他们面前走过，对谁都不搭理，好像他们都是令人讨厌的纨绔子弟。

这样过了十几天，在一个早晨擦脸时，她发现自己的脸肿了，这是肾衰竭病人的征兆。她呆呆地看了一会，双手捂着脸，泪水缓缓地从指缝里渗出来，她是多么地留恋这美好的人生，还有，那么迷人的爱情，她都不能够完美地拥有了。

小童对廪生依旧充满了敌意，他有些纳闷也有些幸灾乐祸，好端端的,安澜怎就不搭理廪生了呢?

那天下班时,安澜想,沉默并不能导致她想要的结局,一切总该有个明了的了结。

于是那天,她从容地走过了廪生眼前,跨上了小童的摩托后座。尔后,扬了眉毛,淡淡说:我想你带我去兜风。小童不相信似的看着她,反问:真的?

安澜郑重点头:真的。

小童就打了一个响亮的呼哨,夸张地从愤怒的廪生面前走过,跨上摩托,拍拍自己的腰说:我开车很狂的,你要搂紧些。安澜犹豫了一下,闭上眼,死死地揽住他的腰,将脸贴在他后背上,说:走吧。

摩托狂哮了一声,箭样射进了城市的夜里,廪生的红色富康车紧紧追在旁边,他摇下车窗玻璃,大喊:安澜,我爱你。

安澜一动不动地趴在小童背上,泪下滔滔。

廪生的追逐惹恼了小童,他加大了油门,试图将廪生甩掉,可汹涌在廪生心中的爱,使他不肯被甩,他穷追不舍,探出脑袋大喊:安澜,你必须住院接受治疗。

风把这些话吹进了小童的耳朵,摩托缓缓地就慢了下来,缓缓地就停在了街边,他望着安澜,轻声问:你病了?

安澜飞快地摇头,眼泪飞呀飞的就被摇碎了:别听他胡说,送我回去吧。

廪生的车子戛然停在脚边,他看也不看小童,一把抓起安澜往车里塞:你必须住院,我不允许你这样等死。

小童愣愣地看着他们,然后,一把抓住车门,抵过脑袋,不解地问廪生道:你没头没尾的话究竟是什么意思?

廪生扫了他一眼:安澜在等到合适的肾源之前,必须坚持做透析。

小童摸了摸额上的那缕黄毛说这样啊,就自言自语地坐到摩托车后座上,一句话不说地看着天空,好像有些不解,有些茫然。

廪生在十字路口等红灯时,听到了愈来愈近的摩托车轰鸣声,稍顷,小童将染了一缕黄毛的脑袋探过来,认真问:我想把我的一个肾送给安澜,可以吗?

说完,他小心翼翼地看着安澜和廪生,就像个天真的孩子想把某件心爱的东西送给自己喜欢的人又怕接受礼物的人有所不齿。

安澜愣愣地看着他,泪水突然地从眼里跳了出来,还没来得及说什么,绿灯就亮了,车后,响起了此起彼伏的喇叭声。

医生说,小童的肾不适合安澜。听了这话,安澜的心,长长地吁了口气。她坐在医院院里的石凳上,眯着眼睛,仰着头颅,好像自言自语一样地说:廪生,你的爱,没有小童的真诚,他可以赠一颗肾给我,你给我的只有虚幻的爱情,我连命都要没了,要爱情还有什么用?

廪生说安澜……

安澜笑了笑,依旧仰着头,不曾看他一眼地说:如果上帝现在赠我健康,我会选择小童,如果上帝不赠我健康,那么我还是选择小童,别问为什么,因为你知道。

廪生缓缓地蹲在安澜面前,死死攥了她冰冷的手:如果你要,连命我都可以给你。

安澜笑了笑:我要你的命做甚……说着,就跨到小童的摩托车上,散漫地看着他说:送我回学校吧。

见廪生紧追在身后,她轻蔑地笑了一声说:你真虚伪。

廪生就停住了,脸渐渐地僵成了铁青色。

在学校门口,安澜哭得抬不起头,老半天,才迟缓地说:对不起,我利用了你一次。

小童默默地把玩着头盔，淡淡地笑了一下：我明白的，我配不上你，其实，你还是爱他的，是不是？

安澜轻声说：不是的，我只是想专心地好好活下去。

两天前，廪生的父母来学校找她，说：我们知道廪生很爱你，可是，他是我们唯一的儿子，奶奶唯一的心愿是早日抱上曾孙……

安澜平静地看着他们，她一点都没觉得他们市侩得可恶，反而觉得他们是所有平凡而善良的父母中的一对，他们和她一样，希望廪生的人生充满美满的欢笑，因为，她和他们一样地爱着廪生。

有时，拒绝比继续，需要更深的爱意。

暗伤

梅西说走就走了，去大西洋彼岸，友情和爱情两种东西，都不留恋。

她把房钥匙放进我手心："房子不能卖，留着，防备我在美国呆腻了。你的房子就退租得了，不过，你要祈祷美国不让我厌倦，不然，我是要回来赶你的。"

我握着钥匙，泪在眼里晃悠，她不让我送，在细雨霏霏的早晨，一个人去北京，从北京乘机，走得悄无声息。

梅西没带走任何东西，我提着两只空空的拳头就可以进去生活。梅西走的理由再简单不过，她说："西蕊，我没足够的勇气和马克穷困潦倒一辈子。"

马克开一间不大的广告公司，赚来的钞票只能维持他吃饭、抽烟或消费品牌咖啡。梅西走，马克没有留，他摊开双手说："我没有留她的资本。"

后来，我收拾房间的时候，马克来了，坐在沙发上抽烟，看着灰尘飞扬，灰灰地说："西蕊，我是不是很混？"

我不语，只是舞着掸子掸去往日灰尘，梅西从来不清扫房间，只要能扒出个窝窝睡觉，就可以。最后，马克叹口气："梅西厌倦了没有未来的日子。"

"你明白就好。"我站在窗前看远处的海。房子不错，向南走五分钟，就可以到海；乘公交车一刻钟，就可以到中山路商业街；下楼走两分钟，是青岛山公园；更重要的是，房顶上有宽阔的平台。梅西在时，最大的乐趣是去平台侍弄那株长了很多年的葡萄，很大的枝干，茂密的叶子，覆盖了整个平台。夏夜，坐在摇椅上，看看远天的星，是我和梅西，或者梅西和马克的惬意。

尽管穷困潦倒，马克的气派却从没潦倒过。他总穿苏格兰飞人休闲装，脚上的皮鞋纤尘不染，那样波澜不惊的从容和帅气，是梅西最初的爱，只是，这一切取代不了生活的实质。

梅西不在，马克常常在周末或深更半夜敲开门，坐在沙发上，一声不响地看，像房子里有看不尽的往日故事，偶尔说句话，都悠长而恍惚。“西蕊，这个房间，我能感受到梅西的气息。”

我还能说什么？只好按亮灯，和他一起感受梅西的气息。给他冲上茶，我们坐在房间里抽烟。抽烟时，马克会慢慢地讲一些梅西的故事，其实，我都听过一万遍了，热恋的梅西，喜欢讲述她和马克的所有故事，梅西说：“西蕊你是巫婆，一下子就能感觉出马克还爱不爱我。”感觉出来有什么用？马克还爱她，梅西却走了，马克就像她随手丢掉的一个玩具，丢给了破败的生活。

马克讲他和梅西的故事时，脸上布满伤感。很多时候，我只能拍拍他的手。我不是个会安慰别人的人，谁都知道，安慰过于无谓和虚假，大家都是聪明人，明白了彼此，太多的话，就多余。

然后，马克就会握住我的手，一语不发地抽烟，扔掉烟蒂后，拥抱我，像寻找安慰的孩子。

或者，夜晚我们在平台上，听叶子间的虫啾啾地鸣叫，两个人的眼里全是寂寥。

我在一家制药公司上班，掌管着一年几百万的广告经费，在商业社会，花钱也是一件很累的事，特别是广告费，一点失误，或没有回应的费用投出去，都意味着我的饭碗将受到影响，所以，我忙到没时间恋爱。还有，我总在害怕恋爱的无谓伤害，看过梅西和马克四年有始无终的爱情过程，让我更加惶惑，我害怕任何一种期望值之外的结果。

其实，如果马克的面皮厚一点，完全可以从我这里搞到点下脚料样的业务，让他的公司周转得不再如此尴尬，而自尊心极强的马克，不肯轻易开口求人。

这也是我不讨厌马克的原因之一。

梅西偶尔会有电话来，几句话后，就问："马克还好吗？"

我说还好。说一些马克的近况，除了一声轻轻的叹息，梅西就没了别的。

我已习惯了在房子里、在平台上，被马克拥抱在怀，一声不响地接吻，抚摩，然后，被马克抱在床上，所有的过程之后，我们躺在床上抽烟，中间放着金黄色的555烟盒，火机，还有微蓝色的陶瓷花瓶，用来装烟灰，我们分别盘踞在床两侧，像两个不相干的人做了一场不相干的游戏。什么都可以不说，和爱情没有关系，大家彼此寂寞，在茫茫人海漂着，身体是海中央的一块浮木，短暂的休憩过后，分开，向着自己也不知的未来，老样子继续下去。

周末，我们躺在床上，偶尔，梅西的电话来了，我接电话，声音一如往常平静，马克一声不响地抽烟，烟雾缭绕地飘在四周，很快，就有了不真实的感觉。

后来，马克说，在我面前，总感觉自己是玻璃人，穿多少衣服都遮不住我穿透力极强的眼神，有一切被我滤尽的感觉。

我看着他，微微地笑，前尘后世都清楚般的熟悉了，还有什么可以藏？

很多时候，我试图藏起犀利的眼神，却不可能。在马克面前，任何隐藏都是欲盖弥彰的事情，大家都不傻，藏得多了，反而可笑了。

马克不在时，我会想一想和梅西在一起，他是什么样子？有了我，梅西在他心里又是什么样子？想着想着，心里就浮起温柔的疼。

马克来，我试着不看他的面部表情，可我还是忍不住要看看他的眼睛，看着看着，我就能看见自己的疼。看见自己的疼，我就绕到他背后，从背后拥抱他的腰，脸贴在他有淡淡烟草气息的衣服上，任凭心汹涌不止，他看不见的。

马克也不想看见，他只想在这间房子里温习和梅西的故事，我只不过是用来缓解短暂伤感的道具而已，更重要的原因是：我喜欢做这样的道具，虽然疼着。

除了偶尔利用一下对方的身体，我们就像两个好兄弟，身体分开时，生活一下子就互不相干了。我们谈论街上的美女，谈论电视里的帅哥，说说自己最喜欢哪种类型的，我不是马克心仪的一类，我描述的心仪，只好也不是马克的样子。

我依恋马克给的青春激情。

周末，我和马克去颐中滑草场滑草。套上护膝，蹬上草撬，我闻到了青甘的青草气息，被划破的叶子在哭泣，马克飞快地滑过身边，油绿如茵的茫茫一片，我们总是飞快地错过身旁。

休息时，我们躺在柔软的草坪上抽烟，香烟袅袅飘起时，在滑草场工作的女孩送来一个罐头状烟灰缸，短短的裤，水红的色，在滑草场上像花朵绽放，马克的眼神一直追随到看不见的地方，我推推他，笑。

马克扭头看我，也笑，秘而不宣的味道。

马克说："不错。"我装傻："什么不错？滑草场？"

马克过来挠我的胳肢窝，我笑着，飞快翻滚开，他追过来，不依不饶,我只好不停地笑,眼泪都滚出来。只好,我们只好用这样的取闹遮掩所有尴尬。

后来,马克身上,常常的,飘着青甘的青草气息。

我不问,他不说,心照不宣就好。我们在一起,更多的时间被用来沉默地抽烟,偶尔说句话,梦游般飘忽不定。

一次,我掐灭烟说:“马克,我们公司一年一度的广告商代理投标会又要开了,你去试试?”

马克看看我,“我行吗?”

“有我呢。”说完,又是沉默。我知道,凭马克的公司,绝对没有竞争实力的。他的公司,说到家,不过是马克不想闲着、还要糊口的尴尬维持。

“试试吧,不试,怎么知道没实力?”

然后,我不动声色地把标底透露给马克。一切,就不可挽回地开始。

拿下我们公司一年广告代理权的晚上,马克留在我的床上,他洗过澡了,在无声的纠缠里,我无法遏制地闻到了青甘的青草气息。我落泪,他看不见,我的哭泣隐藏在心里。而马克,所有的感激,只用身体表达。

300 万广告费,马克至少可以赚到 45 万的,我拿出仅有的积蓄,让马克办冷餐会,用来沟通公司之间的业务感情,也算答谢。

冷餐会上,马克得体的周旋,是我从未见过的,他举着酒杯走到我面前,就像第一次看见,第一次相识,所有隐秘藏在平静的喜悦背后。曾经的以往,我低估了马克的,滑草场的水红色女孩,在那夜如幽静的花开,缠绕在马克身边,细细的指,明媚的脸上洋溢着对马克几近于崇拜的神态,我做不出来,而这是男人希望从女人身上得到的表情。马克总是说我的眼,像装着寒冰制作的刀子,一下子就刺穿男人的心里,让男人不安。我无法改变眼神。

那夜,我喝了很多酒,喝那么多也不醉,让我痛恨自己;而女孩,喝一点干邑都要用手绢捂着鼻子,我想做却做不出来柔弱,那么让马克心疼。

我想借着酒醉对马克说爱你,却不可以。何况还有遥远的梅西。一切,也就仅此而已。

酒会上,最后一个离开的是我和马克,还有柔软的女孩。

马克让计程车停在楼下:"西蕊,你自己可以吗?"纯属于客气的问,压根他没打算送我上去,我下车,隔着玻璃和马克摆手说:"再见。"然后被无力的感觉袭击。

几天后,我把一年的广告费打过去。在公司走廊,我叫住他。他手里捏着支票,我说:"马克,我希望能够成全你和梅西。"

其实,这不是内心的真实。我最想成全的人,是自己,只是我始终没学会怎样具有主动的勇气。

马克依旧来,带着一身的青草气息,我们只在沙发上抽抽烟,话很少。

三个月后的一个夜,马克来,躺在床上,长长的四肢伸得张扬,唯独眼神懒散。"西蕊,真的对我没感觉?"

我笑,想说的话,被梅西或滑草场的花朵女孩,一闪一闪推回心底。

走的时候,马克拥抱了我,像拥抱自己的兄弟,手拍拍我后背。忽然的,我有流泪的欲望,在他能够看见之前,泪没有落下。

我们公司又有新产品面世,必须添加广告推介。我给马克电话,电话一直响得寂寥,打马克的手机,已停机。忽然地,我有了浓郁的不祥。在一片惶惑中找到马克的公司,已是人去楼空。我打电话给报社、给电视台,被告知,一年的广告费都已预付,只是没有人知道马克去了哪里。恍惚里,想起马克最后的拥抱,我知道,马克走了,和梅西一样,去了大西洋彼岸,我的直觉从没错过。

这是我工作以来最大的纰漏,总裁问:“西蕊,你怎么疏忽到如此地步?”

而对于我,不仅仅如此,我不能解释的,一解释就放大所有的疼。我不愿意面对,沉默只有一个结局:我辞职。

我失业,失业后呆在家里,一个夜晚,梅西的电话突兀地就来了:“西蕊,在异国他乡我遭遇了被幸福包围的滋味。”

我的心,弹跳着自己语言的隐疼:“知道,很久没你的电话了,被爱情逮着的女人总是重色轻友。”

梅西就笑,说:“什么被爱情逮着,不过是丢掉的又捡回来。”

我静静地听,在一瞬间,被预感一下子击中的酸楚,阴阴暗暗地压过来。

梅西的声音,一路快乐上扬:“马克来美国了。”

我慢慢说:“是吗?真好,你们又可以在一起了。”

然后,梅西的声音就模糊了。马克,和我一样孤单的马克,以最快且有点不负责任的速度,处理完给我们公司代理的广告业务,带着赚到的几十万去了美国。而我,像当年梅西丢弃他一样,被丢弃给破败的生活。没人看见我的伤,我的疼。

对梅西,我不能说什么,只要他们幸福就好,即使这幸福与我无关。

然后,我搬出梅西的房子。那所房子里,到处都是伤口的痕迹,我已不能够面对一个真实存在的明晰暗伤。

梦里他乡

16年前,小默和阿喜是世事懵懂的孩子,在平原小城,小默的家与阿喜家是邻居,没事的时候,小默总是抱着一张小小的四脚凳子,跑到阿喜的院子里,坐着,两手托着下巴,望着天空飞翔的鸟儿,有些神往也有些忧伤地说:阿喜,你说,所有的鸟儿都会在秋天飞到南方去吗?

阿喜认真地想了一会,说:麻雀就不会。

小默就噘着嘴:可是,我喜欢燕子,不喜欢麻雀。

然后,两个小小的人儿就托着脸,望着天空中的悠悠白云,阿喜不明白小默为什么总是问同样的问题:可是,燕子会在春天的时候飞回来。

小默忧伤地看了她一眼:妈妈说,我们是燕子,以后会去不下雪的南方,可是,我们不会像燕子那样,在春天的时候飞回来。

为什么你妈妈要说你们是燕子?阿喜忽闪着长长的睫毛,用要哭的声音问小默。

因为我们早晚是要走的,我爸爸在南方。小默说完这句话,就提起小小的凳子,低着头,没精打采地往外走,阳光打在他软软的短发上,闪烁着金子一样的光芒。

在平原小城,小默是那样格格不入的孩子,妈妈年轻时在北京读书,被学校除名回来,挺着巨大的肚子,她固执地在四个月后生下小默。在别人的指指点点中，外婆去了。

小默常常在口袋里装了糖果到街上换取友谊，而街上的孩子，总是拿走糖果后便轰然而散，丢下满怀渴望的小默，在微风四起的街上，呆呆的，眼里慢慢盈碎玻璃一样的晶莹。所以，母亲不送他去幼儿园。

七岁的少年小默终于走了，在一个清晨，那个男人终于接走了小默和烟波浩淼的妈妈。

阿喜站在小巷里，抱着一棵巨大的梧桐，风一起，树上的梧桐花便落了下来，像一片片淡紫色的雪花，无声地落在脚边。再也不会有一个有着一头柔软的淡黄色短发的男孩子，抱着小小的凳子坐在她的眼前，仰望着天空，问她：阿喜，你说，所有的鸟儿都会在秋天飞到南方去？

望着空空的小巷，她的泪，慢慢地漫了出来，流进嘴角，咸咸的。

后来，阿喜读小学了，除了父母，所有人喊她：罗念童。

一年又一年，青春浅浅地就来了。罗念童的梦里，少年的小默正在一个陌生的地方悄悄成长，像她一样孤单着，等待在世界的某个一隅，与她不经意间相遇。

16年后，罗念童去了北京，这里有她思念的小默。

在这个古老的城市，流浪在别人的街道，孤单轻易地就袭击了年轻的罗念童。她到一家影视公司做文案，负责给剧本分场，写写新剧宣传文案，一个人的夜里，学会了抽烟取暖，在周末的街上走来走去，相信爱情是一种不必刻意的缘分。甚至，罗念童不知道成年小默的名字。给过一份不堪童年的小城，或许他已不屑于记得。

这是罗念童24岁的冬天，想象中的小默，没有出现过。

后来，就有了绰约的粟米，当她微微上扬着眼角走过来问某个导演在不在时，罗念童笑了笑，有片刻的僵持，没命回想她与记忆里某个人物重叠的面孔，是那样致命的熟悉。

是小默的母亲，16年前，她有这样从不肯屈服于凡俗的眼神。

几乎没经历过程，两个不同的女子，成了朋友。

粟米是年轻的美丽女子，京漂一族，寄居在亲戚家，疯狂地幻想着一夜成名，流窜在一个又一个剧组之间，总与副导演谈戏。有时候，副导演找不到僻静的地方谈戏，粟米就去找罗念童：把你家钥匙给我。而罗念童不必问究竟，她定然是约了某个导演谈戏，而且粟米从来只借用她的卧室。一段时间，罗念童的床，断断续续记录了粟米奋斗在演艺圈的辛酸经历。

看惯了演艺圈的罗念童，自然懂得谈戏并不重要，重要的是副导演是否快乐地使用了粟米青春美丽的身体，作为回报，粟米就会有一个无足轻重的角色。

只能接触副导演的粟米，自然不可能做主角，所以，她只能一边在卫生间里冲洗被弄脏的身体一边大骂混蛋导演。

罗念童不记得陪粟米去过几次医院了，每一次，她捏着几片巨大的药片出来，一边笑一边说：你看，我可以让身体受伤，但心灵完好。

阳光下面的粟米，眼里有晶莹闪烁的碎玻璃，像少年的小默。她像与风车战斗的疯狂唐吉诃德，坚信总有一天，自己会是镶嵌在演艺圈这个疯狂旋转魔轮上的一粒最耀眼星辰。

罗念童有一万个理由相信：粟米受伤的不止是身体，只是不说而已。

即使这样委屈自己，粟米眼里始终是孑孑的孤傲，看着罗念童眼里的疼惜，她漠然燃上一支灰褐色的细长香烟说：亲爱的，别这样看我，我晓得什么是爱什么是不爱，这只是我爱自己的一种方式。

后来,罗念童在家做一个剧本的分场记。为了这个本子,老总上蹿下跳,就差给剧本作者叫爷爷了,花了大笔的银子才买下了剧本的拍摄权,据老总讲,明年,公司把宝全压在了这部片子上了。所以粟米打电话借房子时,罗念童统统拒绝,告诉她自己必须在月底把剧本分场完成,80 集电视剧,是个浩大工程。

粟米干脆不打电话,直接敲门,手里牵着一个年轻的男子。指着罗念童说:我的好朋友罗念童。指着男子:阮石,我的朋友。

罗念童就笑,与从前的男人不同,阮石是年轻的,没有被粟米称为导演,他眼神锐利,微黑的皮肤,朗然而笑的样子,若春天的阳光。这一次,粟米没说是谈戏,眼里闪着烁烁的希冀。

聊天中,罗念童隐约知道阮石的父亲是一家影视公司的老总,两年前,去韩国见习人家怎样炮制青春偶像剧,刚回国半年,正是要大展宏图的拍上几部片子。

在父亲的片场,他认识了烟波浩淼的粟米。

从粟米的眼神,罗念童知道她定然已是爱上了阮石,只是隐隐的为粟米担心,她狼藉的艳史,阮石会不会介意?何况他那样的家世那样的资历。

阮石被一个电话叫走,粟米埋在沙发里,搂着一只靠枕幸福无边。罗念童知道,恋爱中的女子,总是背景后果统统忘记,只想把自以为是的幸福张扬给全世界看。

对在电脑前重新忙碌的罗念童,粟米会突兀地来一句:知道吗?他百分百相信我是个表演天才。

罗念童说哦。劈劈啪啪敲字。

他有信心用一部电视剧把我捧红。

罗念童还是哦。演艺圈的男人,许诺像呼吸,进进出出地穿过嘴巴,想要的得到后马上忘记。

栗米说:罗念童,我要好好爱一次。罗念童想,爱情原是可以轻易收敛栗米这样疯张的女子,也好,至少可以减少栗米身体受伤。

在阮石的推荐下,栗米先是拍了几个广告。她会在深夜给罗念童电话:罗念童,快打开电视看某某频道,我马上就出来。罗念童说好好。随手打开电视,就看见栗米张开性感的红唇,咬着某种食品一闪而过。

栗米不好意思抢亲戚家的电视频道,索性腻在罗念童家,一边是罗念童在电脑上工作,她一片痴迷地盯着电视卡着钟点,看自己一闪而过,幸福无边是她彼时的表情。

然后,幸福的栗米就给阮石发手机短信,打开罗念童的电脑给阮石发邮件,对着罗念童善意的讥笑,她挥手:去去,别看我发情书。网络真是个浪漫的好途径。

半夜醒来,看见栗米在网上挂着,指间夹了烟,挥舞着手指和阮石浪费罗念童的电话费。

栗米大多数时间没事可做,泡在罗念童家,看电视,睡觉,或者一个电话叫来阮石,咚地关上卧室门,幸福的纠缠声,一点点挤出门缝。

罗念童就笑,栗米幸福就好。

那段日子,爱情让栗米变得忠贞专一,不再跟任何导演谈戏,从前那个因想红而疯狂的栗米踪影皆无,除了和阮石约会就是挤在罗念童身边,讲她和阮石的幸福未来,罗念童不耐,敲着键盘说:不准说话,骚扰得我场景都分不好。

栗米就闭嘴,和罗念童一起看剧本,除了键盘响几下,空气是寂静的。

久了,栗米揪过罗念童的手指:嗨,亲爱的,爱一个人是不是就是愿意为他做任何事?

罗念童投降:我还没爱过呢,这岂不等于让一个没吃过龙虾的人评价龙虾的味道?

粟米遂淡淡的,淡下去,轻轻叫一声罗念童就呆在一边失神。

做完剧本分场,罗念童终于有了浅短的清闲,想起很久没见粟米了,这个宁肯伤害身体不肯伤害心灵的任性女子,究竟怎么样了?

电话那端的粟米,正咯咯笑个不停。罗念童顿了一下:你乐什么?

阮石告诉我,他小时候,总是问邻居家的小女孩,是不是所有的鸟儿都会在秋天飞到南方去,那个女孩告诉他麻雀就不会。现在阮石一想起来就乐,那会儿,他真的很想做一只麻雀呢。因为他舍不得那个女孩,要真是那样,他可真成一只飞不高也飞不远的小麻雀了。

握着话筒,罗念童有了长长的眩晕,以及身体被彻底清洗过一遍的苍白。

那端的粟米说了什么,便模糊了,话筒轻轻地落回去。

第二天上班,飘摇的恍惚依旧不肯褪去,罗念童始终不能相信,目光锐利的阮石,怎么可能是少年的小默?

便没命地想啊想,就想站在阮石面前,望着他的眼睛,一直一直望出他就是那个眼睛里装满晶莹碎玻璃的少年小默,即使与爱彻底了无关系,她只想知道,是怎样的生活,可以让一个少年的眼神从绵软干净蜕变到坚硬的锐利。

阮石公司的地址,粟米一次次地提起,大约是知道的。

去的路上,罗念童的心里是纷乱的苍白。

阮石不在,一位小姐说:他刚走,和粟米选外景地去了。

罗念童说:可以告诉我哪张桌子是阮先生的么?

顺着小姐指的方向，罗念童看过去，阮石的办公室，通体陈设简约而流畅，唯一私密的，是桌上的一个框子：少年小默偎依在一个美丽绰约的女子怀里。背景暖暖的陈旧着，却犀利击中罗念童。是那堵飘拂着柔软青草的墙，少年小默的声音便轻轻回旋在耳边，于是，泪水慢慢地盈满了眼睛。

缓缓坐在阮石的椅子上，那个少年小默的气息了然皆无，罗念童便明白了，一些事情只可以在想象中完美，成长的岁月，慢慢粉碎它们。

看见那个剧本本是无意，本想写几个字，留给不再是小默的阮石。翻开它，便看见了故事大纲，似曾相识的故事。

慢慢看下去，身体掠过冰凉的惊悸。

除却对话，除却故事发生的年代以及城市，与她刚刚做完分场景的剧本，几乎如出一辙。

如果是剧本创作撞车，亦不可能有这样多处的巧合。

心渐渐清醒，想起粟米腻在电脑上的夜，原不只为传递爱情，想必偷窃故事梗概是更重要的内容之一。

如果阮石的公司早在自己公司之先推出一部类似电视剧，赢家是谁不言而喻，所谓抢占先机，在商业社会的今天，太是天经地义。

把剧本塞进包里，她起身悄然离去。这一天，伤害来得彻底：曾经以为的密友，以及在她心里闪烁了十几年的曾叫小默的男人。

按上粟米的电话号码时，罗念童知道，有一种东西丢掉了，是永远的，寻不回来，友谊或者一种虚幻的爱情，被丢在过去。

粟米，和阮石来我家可以吗？必须现在。第一次，罗念童跟粟米用了决绝的语气。

罗念童脸上的冰寒以及桌上的剧本,足以让粟米和阮石所有的问,僵持在心里。

罗念童笑笑:粟米,我终于知道你的爱情是什么样子,可以为他做任何事,包括剽窃?其实,我真的宁愿相信它是剧本创作撞车,可惜这样的可能太微乎其微。说着,泪慢慢盈出来。

粟米停顿片刻:我本想告诉你的,你却不肯听,我曾想或许以为爱情而做的借口,你可以原谅。

原来,她并没有跟阮石恋爱,那只不过是做给罗念童看的样子。她已经习惯了和任何一个有可能让她红起来的男人谈戏,跟阮石,不过各有所取而已:她偷剧本故事梗概而渔到的利是做主角,阮石要的只是商业利益并顺便拿走她的身体。

粟米,不做演员太埋没你的天赋,我宁愿这次你是为了爱情。

转过去,她对阮石轻缓说:阮石,你的法律意识太淡薄了,改头换面你也脱不掉剽窃故事的嫌疑,如果你不想因此遭遇起诉,还是放弃吧;还有,请你以后不要用抖笑料的语气说因为你喜欢邻居家的女孩差点堕落成一只没出息的麻雀这件事了,太糟蹋了小默和阿喜的美好故事。

阮石定定地看着罗念童,罗念童淡淡地笑了一下:阿喜,你说,所有的鸟儿都会在秋天飞到南方去吗?麻雀就不会。

泪水,汹涌的,就模糊了视线。

悲情柠檬香

魏泊儿携带着浓郁的柠檬香坐在我的面前，隔着一张桌子，水盈盈的巧笑着，自称家人带她去看过诸多心理医生，被确诊为重度抑郁症患者。

她之所以来找我，是难以接受众人将她当做病人对待。

她的眼睛看着我：你看，我像他们说的那种病人么？

我笑，摇头：不像。

她笑了，缓缓而得意的。

我知道这是典型的抑郁症患者的标志，拒绝承认自身病情，认为自己被这个世界误读。这类病人是有危险性的，她可能这一秒还和你巧笑嫣然，下一秒就毫无来由地疯狂到令人难以置信。

我开始貌似漫不经心的和她聊家常，这是心理疏通的第一步，病人通常意识不到这一点。当然，她不会告诉我真实的名字，也不会告诉我她真实的身分，唯一真实的，是她的情感倾诉，烂俗到不能再烂俗。与一个已订婚的男子恋爱，纠结不清，难有善终。

她整整占据了我的一个下午，时而怆然涕下，时而甜蜜幸福，然后，我知道了她的名字：魏泊儿。

下班路上，我一直在想，多好的名字，以至于闯了红灯，被交警拦截，误了与霍大志的约会。

我们相恋 6 年，婚礼定在次年秋季。霍大志的专业是建筑设计师，如今楼事红火意味着他很忙，忙到把以往几乎是天天见面的约会稀疏到了一周一次。偶尔，那些空寥寂寞的夜晚，会让我对他略生幽怨，他总是温和地揽我于胸前，说：为了让我们将来的生活更加美好，请忍耐。

楼市一直蹿红，我的寂寞便长得没了边，不知何时结束。这让我怎不痛恨楼市的红火？一如那些望楼兴叹无处安放爱情的年轻男女们。

踏进红屋的瞬间，我已将抱歉打造成了语言储备好，只待见了，便暖盈盈地端给霍大志，取得原谅。他是个恪守时间的人，对迟到的容忍范围是一刻钟，而我，已迟到了足足半个小时。

远远看见霍大志，在僻静的一角里，正独对暖烛，手机按在耳上，满脸笑意，瞥见我，飞快收线：刚按上你号码，还没来得及接通，你就到了。

我笑，委婉地抱歉，他揽了我肩，无比宽容地说因为是我，哪怕是迟到24小时，也要等。

爱情里的女人，是种多么热爱谎言的动物，明知这句话不过是夸张的修辞，我的心还是暖热暖热的。与他甜蜜地吃完这餐饭，然后随他回家，在那张宽阔的床上，度过一个像饭后甜点一样甜蜜的良宵。

像以往一样，我们进门、拥抱、接吻，然后是洗澡。当然，是他先洗，尤其是冬天的时候，霍大志总是在阔大的客厅里边裸露出健壮的肌肉边说：等我洗完，浴室的温度会高一度，你再洗就不冷了。

这句话，暖了我很多年了，可是在今夜，他的这句话，让我突兀警醒。

魏泊儿跟我说她爱的那个男人的好时，这句话是其中之一，我竟没往心里去。

我怔怔失神,霍大志走过来,拥我在胸前:紫依,你想什么?

我仰面看他,慢慢地:在想你的这句话,可以暖我多久?

他愣,尔后爽朗:一辈子。

我推他进浴室,为他打开浴霸,然后,看着他渐渐迷蒙在水汽里,转身,出了卫生间。

突来的不安,袭击了我。

站在客厅的中央,我嗅到了浓郁的柠檬香,一浪接一浪的袭来,那么美丽那么危险的香味。我明白这是恐惧激起的幻觉,像茁壮的树,在我的心里扎了根。

我曾以一个深谙人性的心理医生的口吻警戒过很多苦恼的女子,网聊记录和手机短信,是现代男人两大不能碰的雷区,碰不好就会把爱情雷得尸骨遍地。

可是在这个夜晚,我却要壮着胆子去趟霍大志的雷区,因为我想起了他在红屋等我时满面笑容地将手机按在耳上,此时,我不再相信是正巧他要电我却尚未来得及接通。

打开他的手机,看着去电记录,我,这个自诩冷静优雅的莫紫依,刹那间被雷中。

最后一个去电号码,不是我的。

男人通常在两种时候动用谎言,其一,想与众人抢夺一份利益;其二,情色欲望被启动时。而霍大志的这个谎言,当然属于后者。

当水淋淋的霍大志从浴室出来,我已不动声色。

我动了声色,就是摆开阵势;不动声色,就是我在暗处,他们在明处。是的,在爱情里没有哪个女子不争强好胜,莫紫依同样不能免俗。我不会泪流满面地追问,更不会理直气壮地暴怒,爱与不爱,不过是内心对一个人的感受变化,他爱上别人了,就已说明,我输了,眼泪与质问只能向霍大志证明,我已看见了我们的爱情墓冢，尔后，我所有的言行，都将被霍大志暗暗嗤笑为不甘的垂死挣扎。呵，我需要镇定，不让霍大志看见我的悲伤已是滔滔之水，奔腾而下。

所以，我端着柔情蜜意，冷眼看霍大志将这一夜经营成一道饭后甜点。

次日早晨，我趴在马桶上吐得惊天动地，涕泪俱下，随着马桶的轰鸣，所有的肮脏顺马桶而下。唯独记住了霍大志手机里的号码。

它，是魏泊儿的，她真实的名字叫苏莎，霍大志手下的绘图助理。

她那么成功地扮演了一个抑郁症患者。

魏泊儿每周来两次，她跟我讲怎样和那个已婚男人开始，怎样的恩爱，包括那些黑夜里的身体细节。我含着淡淡的笑，听，然后风平浪静地给她做心理疏导。

其实，她不需要心理疏导，她的目的，不过是想通过这些细节让我知道那个男人是霍大志，他的背叛是如此的淋漓尽致，我又何必屈辱着自己和他在一起？

不，我不明白她的暗示，一直都是的。我淡定而冷静地看魏泊儿用语言在我的心上，扎了一个孔又一个孔。三个月下来，我已是外表完整内心千疮百孔。

夜里，我一次又一次地质问：莫紫依，你要的赢，就是让魏泊儿得不到那个心已不再属于你的男人？

回答我的是眼泪和哭泣，是的，我为什么要为了赢一份不再珍贵的爱情虐待自己？

于是，我有了新欢。他暗恋我多年，而我总是搬出霍大志的温暖镇压他的殷勤。如今，再也不必了，女人要善待自己，我何必为了一个用虚情假意搪塞我真情的男人虐待自己?

所以,我不再装作对他的示好视而不见,我和他一起到医院外的餐厅吃午饭,接受他的鲜花。魏泊儿每次来,都能看见他的鲜花盛开在桌上,芳香缭绕。

魏泊儿总是看着它们,小心地:真美,谁送的?

我微笑:你说呢?

魏泊儿:男朋友?

我笑。为什么要否认呢?

有些东西在魏泊儿眼里快速凋落,我知道,它们叫做绝望,她当这些花是霍大志送的。我不解释,假想是种折磨,她已在我心上捅过数刀,还她这点折磨又算得了什么?

依然每周和霍大志约会,只是,饭后那甜点般的一夜省去了。他略有惶惑,尔后,质疑为什么,我说:大志,我需要时间重新考虑你我的关系。

他自我检讨,声言不该为了事业怠慢了我。我心沉如石,却面带微笑,忏悔自己的用情不专。瞬间,他眼眸如炬。我面带羞惭,低下头来,满心得意。

他言语沉缓,叙说我们六年的感情,追问对手是谁?

我低面不语,他砸碎了车窗玻璃,用攥着钥匙的手。他在满街驻足惊诧的目光里,捂着伤手,缓缓地弯下腰去,我慌忙载他去医院,路上,突然地满心凄怆,明明是他背叛在先,为什么要显得如此受伤?

医生给他包扎伤口的时候,他一直死死地攥着我的手,我轻声低问:疼么?

他摇头:比不上心里的疼。没丝毫的做戏成分,我怆然,恍惚着,当魏泊儿不过是个癔症患者的谎言。

我载他回家，我们攥手无语地枯坐一夜，那些在无语中追忆的悲伤，将我们的心击打得踉踉跄跄。我知道，这些悲痛并不代表我们依然相爱相惜，而是像切掉身上的一块赘肉似的阵疼，不过是本能的生理反应而已。又有多少临到分手的男女被这阵疼误导了，错误地以为尚是相爱，折回头去，继续重蹈着旧日的错误？

晨曦满窗，他突然质问自己究竟做错了什么。刹那间，我泪如雨下。是的，我不会说出已知晓的真相，那样，我赢家而去的姿态，将被改写成知难而退的败逃。天知道我是多么的虚伪与倔强，宁肯做被众人指责的背叛者也不愿做被众人同情的被弃者，不过是为了保住最后一点自尊的荣光。

所以，我答他的话不过是：谁都没错，假若一定要说有错的话，那就是，我们都是自私的，爱自己胜过爱对方。

这没什么不正确的，他的背叛是对欲望的娇惯，我的沉默而去是对自我尊严的爱护。一爱到底并非情长可嘉，不过是，和他在一起，就会身心俱欢，一边倦怠一边坚持的相守，鬼都知道它有多么可恶。

霍大志手上的伤口慢慢愈合，我请他吃饭。

他苦笑着看我：最后的晚餐？

我低头给他切牛排，他总是切不好牛排，弄得刀叉乱响，像个笨手笨脚的大孩子，尽管如此，这并不影响他热情高涨地喜欢吃牛排，因为，每每吃西餐，我的第一项任务，便是帮他切牛排。

我把切好的牛排换到他眼前，将他眼前的牛排端来，细细地切，什么都不想，像专注完成一件艺术品一样细致地切，专注到我能感受到刀锋在我的心上，一趟一趟地走过。

突然，他默默地捂了我的手：知道我为什么喜欢吃牛排？

我摇头，依然细细地切。

因为你总是帮我切,我喜欢看着你帮我切牛排,那是你爱我的样子。

我的泪,滚滚而下。它们滴在我的手上,我的手,在机械而细致地继续切牛排。我精心打造的赢家形象轰然倒塌,因为我说了一句话:苏莎不帮你切牛排么?

那么静,我听见空气在蹑手蹑脚地进出他的鼻孔。

他没有解释亦没有辩解,只是,默默地,默默地看着我。

我默默地,默默地吃着眼前的牛排。窗外,已是华灯满街,我们的心里,是一片地狱般的黑暗狼藉。

次年秋天,我准时结婚,辞职开了一间心理诊所,不想让那个叫苏莎的女子,依然伪装成患有抑郁症的魏泊儿按时拜访我。因为,我不想再知道有关她和霍大志的任何细节任何消息,在婚姻面前,霍大志已成为了一段需要尘封的历史,不必提起。

后来,先生去为我送机时,在机场遇见了苏莎,她瞠目结舌地看着我们拥抱吻别,微微地张着嘴巴,眼里浮过一浪又一浪的惊喜。

在飞机上,我们坐前后座,我安静地看着一本航空杂志,能感觉到她的目光一束一束地扫来,在我的身上。

航程过半,她换座到我身边,身上依然是淡淡柠檬香,缥缈袭人,她睥睨我:你有两个选择。

我笑,看着她。

第一是主动和霍大志分手,我保证什么都不说;第二是由我告诉霍大志,你知道结果会是什么。

抱歉,我不明白你说的是什么意思,作为妻子,我出差,先生来为我送别,跟霍大志有什么关系?

她怔怔地看着我:你们分手了?

我点头。

恍然间，她泪如雨下。

我亦突然悲怆，为她。在这世间，有多少爱一路匍匐，又有多少颗不为所动的心，决绝地一意孤行。

瓦蓝瓦蓝的天

我在陆天扬心中,怕是只剩了熟悉罢,以前的他,那么勇敢,喜欢在公交车站吻我,仿佛整条街没有人烟,只有我和他的爱情,被阳光点燃。现在,我们各自有车有房,在环境幽雅的餐厅吃饭,没必要在大庭广众之下表演接吻。可我却无限怀念从前,在夜里,怀念的泪水涟涟。

我是个缺乏安全感的女子,只要他在身边,就要抓住他的一根手指,不记得从什么时候开始,陆天扬边不露痕迹地摆脱我的手指边说:这样显得太幼稚了。

他讨厌幼稚,觉得这不是一个商人应具有的气质。

陆天扬已以商人自居,他早早辞了职,开辆二手别克,率领着四个刚走出校门的男生驰骋在竞争日益惨烈的IT业,他拥有天下所有男人的优点和缺点,譬如性格坚硬,渴望成功,认为经商是最适合男人的游戏,更顽固地认为金钱是衡量男人人生价值唯一的标尺,瞧不起将爱情当作理想的男人,认为那是懦弱的表现。而我,嗜爱如命,与他有关的一切,都能令我幸福,爱他,一度可与事业相媲美。

陆天扬在商场上驰骋了三年,不见起色,手下员工易人无数,他们都怀揣希望而来,面带失落而去。还有,那辆二手别克愈来愈呈现出苍老的破败,有好几次,我去交警队交了罚款以及拖车费,将它拖到修理厂大修,因为它总是坏在街上,而彼时的陆天扬囊中羞涩到连修理费都付不起,只能黯然地弃之而去。

我总是将车开到他楼下停车场,在电话里说:喏,我帮你把车子提回来了。关于修理或是交罚款的事,一字不提。

他自尊脆弱且死要面子。

次日,我会收到一束玫瑰,卡片上写着全世界情侣都在说的三个字:我爱你。

我和陆天扬一爱六年,从大二开始,已成了习惯,就像每个醒来的早晨,我会发呆十分钟,用来怀念以及憧憬我与他的爱情。

他常在深夜时分来前来敲门,唇间咬着一根烟,将睡眼惺忪的我揽在怀里,路过卫生间时,用脚勾开门,一探头,将烟蒂啪地吐进马桶里,我迷恋他的这个举止,像霸道的君主。

今年春天之前,我从没怀疑过我们的未来,像陆天扬这样渴望成功的男子,事业心占据了全部心思,哪有精力流连花丛?

他却用事实将我的一万个放心换成了一万份伤心。

那段时间,我很少见到他,很少有他的消息,每一次问,他都语焉不详地说有个大项目,自从公司开张,各种各样的网络项目就占据了他的生活。

这样的话,他与我说过数次,但,不像现在,声音好像患了病,底气不足。

我慌了,危险逼近,我们的爱情像放置太久的棉布衣服,在风雨飘摇中破绽百出。

我擎着手机,望着瓦蓝瓦蓝的夜空:天扬,我爱你。

他说:我也是。

我要你说那三个字。

陆天扬就笑:怎么像小孩子。他边说边用打哈欠暗示困了,我不要纠缠下去。

我迟迟不肯说晚安两字,深夜里,电话那端的他,小心翼翼。

我说:我去你家找你。

陆天扬急急道:算了,明天我去找你,你知道的,我妈妈有神经衰弱,一点声音都会吵醒她。

陆天扬和他母亲住在一起,我曾撒娇耍赖让他搬过来,他不肯。因为他是男人,有着倔强的自尊。

我收线,一夜无眠,我不会去找他,因为他根本就不在家,而且我知,明晚他不会来。

我不想去质问,因爱他太深。这爱,将我的心一点点逼得懦弱,有些事,昭然若揭只能意味着失去。

他占据了我的回忆,我的理想是和他过一辈子,所以,若暂时踩倒自尊,我便可如愿以偿,我为什么要做个勇烈女子。

她却等不及了,窃情可与窃国相媲,向来都是成者王侯败者寇,我不愿成寇便选择了隐忍,她不愿成寇便选择了勇敢。

她电话我说:婴宁吗?

我说是的,她叫什么名字并不重要,我只知,她是我情敌。她说:你爱陆天扬吗?我反问:你认为呢?我可以在陆天扬面前低伏下所有的骄傲,在她面前,不可以。

她说:爱一个人就希望他快乐,陆天扬很不快乐。

窗外的黄昏多么的美好,刚刚落了一场雨,满天的蜻蜓振动着轻盈的翅膀,在橘色的天空下飞翔,我说:打这个电话,是陆天扬的意思么?

她笑了一下,用鼻子:那你认为我是从什么渠道获得你电话号码的呢?

我心平气和:希望你能让陆天扬快乐起来。

她顿了一下:你不想和我谈谈吗?

我告诉她没这必要，收线前，我祝她好运。然后，我倚在窗边，望着窗外的黄昏，用我所能想到的最恶毒的语言，诅咒她诅咒陆天扬。

六年的感情，像一片坠落在秋天的叶子，而我，回天乏力。

陆天扬很不绅士，作为赢家，他至少应向我道一声对不起，他却没。想必是没勇气吧，算他良心未泯，否则，我会修养尽弃地在他面前哭成泪人，让他又添一道可用来炫耀的凭证。

其实，爱情就是一场竞技，败者的耻辱成就了胜者的光荣史。

我企图用疯狂地做事来排解痛失陆天扬的疾苦，半年下来，我几乎瘦成了一张剪纸，在骨感美女当道的眼下，女同僚们纷纷找我讨取减肥经，我边吃比萨边说：失恋。

她们不信，当然没人信了，我算不上美女，却也中人之姿，性格柔和，在公司的职位属永远不必担心会在年底站在裁员名单之列，自己供房养车，薪水自然还是尚可的。

要失恋，为伊消得人憔悴的那个应是陆天扬而不该是我，可，人生在世，总有那么多事情要偏离常理。

朋友们纷纷谴责我和陆天扬分手，粉碎了在他们心中伫立已久的幸福榜样，我便笑笑，说，只要他幸福就好。朋友们的眼里流露出鄙夷的神态，有脾气暴躁的早已面带不屑地啊呸上了，关于陆天扬的类似于流言的小道消息扑面而来，据说，陆天扬和那个叫颜香的女子的恋情，在大白于天下后，只存活了两个月。虚荣是女人的天性，要有人争着抢着的，才是好的，哪怕糟粕，若是开口去讨，别人连犹豫都不曾有便给了，她便觉得没有多大价值，哪怕钻石。

因着我放手的轻易，陆天扬便很不幸地由一枚钻石被人当了糟粕弃，这不是我本意，既然他去意已决，我声言放弃，就此，他与我便没了干系，由着他幸福没什么不可以。

他们讲陆天扬的故事时，我漫不经心地看着别处，好像这个叫陆天扬的男人，与我无关。

其实，我的心早已落下了万颗泪滴，却要在别人热心询问有没有与陆天扬重修旧好的可能时，淡笑着反问：你们认为这样很有意思么？

没有人知道，我总是驾着车子，在陆天扬经常出没的地方兜来兜去，想遇见他，想抵住了他的视线问一声：天扬，我还是爱你，只要你愿意。

曾有几次，我看见陆天扬在午夜的街上愤怒地暴踢那辆银灰色的别克，不过几个月的时间，那辆车就陈旧到了有潦倒的痕迹，像风烛残年的流浪汉喝多了劣质白酒。

我默默地看着他，默默地将车开走。即使我可不计前嫌，骄傲的陆天扬依旧不会接受，向来，他宁肯丢了命也不肯丢掉他的骄傲。

我的出现，只能被他理解成带着讥笑味道的怜悯。

让别人滋生屈辱感，是件恶毒的事，我不做。

我回家做投标书。总裁对我寄予了厚望，希望我的策划案，在招标会上一举拿下港务局的软件系统。其实他没必要紧张，虽然从事网络工程的公司很多，具有能承做这个庞大工程资历的公司却是寥寥。

去港务局拿做投标书需要的招标资料时，我看见了陆天扬。他的车再一次坏掉了，在浮尘满天的散货区旁边。他看上去很狼狈，趴在发动机上，动动戳戳。人会久病成医，大约他也是因着久坏，都快成半个修理工了，浅色的短袖衬衣上黏着斑斑点点的油泽，他用手背敲了几下腰，沿着额头滚滚而落的汗水弄得他睁不开眼。我的心一阵酸软，缓缓地在他身边停了车。他正一手捏着眼镜，用另一只手背蹭流进眼里的汗水。

我抽了几张面纸，轻轻粘在他眼上。他先是怔了一下，一下子抓住了我的手，说：婴宁。

我听见了响在他心里的惭愧以及疼痛。

我哽咽着说天扬，将额抵在他的胸口。这时，只要他一个暗示，我就会跟他走。

可他推开了我。他用满是汽油味的手擦掉我脸上的泪：婴宁，你犯不着为我这样。

他试图转身走开，我死死抓住他的胳膊，不肯让他顺利溜掉。有些穿着灰色工装的人站在货物堆上，指指戳戳地往这边看，陆天扬叹息着道：婴宁，别这样。

究竟我哪里不如颜香？我悲愤交加，顾不上失态，反正，没一个是相熟的人。

与颜香相比，你太熟悉了，你知道，男女之间，过分熟悉是件多么恐怖的事。有辆货车冲我们的方向开过来，他拉着我，避到一边，点上一根香烟，深深地吸了一口，无限寂寥。

我不停地落泪。他看我，皱着眉头，然后把抽了一半的烟扔在地上，拿脚碾了几下，像碾着仇恨，把我塞进车里，给修理厂打了个电话。十几分钟后拖车就到了。

他突然追着拖车跑了几步，从副驾驶位置拿出一只文件袋，冲拖车司机歉意地摆了摆手，垂着头，在阳光下慢慢地走。

如同，我已蒸发在阳光下，这是他的秉性。哪怕错了，从不道歉，也是我迷恋他的原因之一，我喜欢所有倔强而坚硬的东西。

我对着后视镜整理了一下被眼泪泡狼狈的头发，踩了油门，缓缓驶到他身边，按下车窗说：天扬，上来。

爱情是种让人没办法的事，我之所以接到颜香的电话后没去找陆天扬，是太清楚去找的下场。我会气势汹汹而去，又在见到他的刹那间投降，甚至会很没自尊地请求犯错在先的他原谅不曾犯错的我。

他垂着头，不看我，空气被接近正午的阳光炙烤得发烫，一浪一浪地扑进打开的车窗，我说：天扬，你不上来我就这样傍在你身边。

港务区的作业区很大，到出口至少要十分钟的车程，按现在的速度，半小时内我们出不去。

他叹了口气，弯腰钻进车里：婴宁，你这是何苦呢？

那天，我们一起吃饭。陆天扬坚持买单，在失意的男人面前，做一次比他更弱的弱者会让他感激，所以我没和他抢着买单。

我爱他，已积重难返。分手后，我曾试着与几个男人以恋爱为目的约会，每当他们有亲昵的意图，我的心就揪了起来，像被一只手死死攥住了，就要窒息死去。

那些不是陆天扬的手以及嘴唇，让我有不洁的罪恶感。

在饭桌上，没人说话。我的话，都在桌下，我无耻地甩掉了鞋子，将脚沿着陆天扬的裤管往上爬。这是我们在大学时就开始玩的游戏。每每我的脚爬上去，他就抬一下眼皮，看着我，将腿重重地移开，我的脚，执著地追过去。

一顿饭吃完，我不记得吃过什么东西，只记得他的腿终于无处可逃，罩在橘红色的大桌布下，任由我攀爬。

后来，我的指，钻进他合在桌上的掌心里，他一躲，闪过了，拿起桌上的文件袋说：我下午还有事。

我拿过他的文件袋，将我的文件袋也摆在桌上，一模一样的两只袋子，一模一样的内容：天扬，我们成了竞争对手。

陆天扬将文件袋拿回去：你没必要把我当竞争对手，我是闲着也是闲着，去凑热闹而已。

他说的是真话。他的公司做过的最大造价的网络工程没超过十万元，而且，因为看不到前景以及薪水太低，他留不住能运作大工程的网络工程师。想要和我们公司竞争，如同金丝猴与大象比体重一样的滑稽。

这话我没说，像他这样聪明透顶的男子，不会没有自知。我说：瞬息万变的 IT 业时刻都有奇迹诞生，没有什么是不可以的。

陆天扬看着我，用嘴角笑了一下，一头扎进了下午的阳光里。

望着他的背影，我有哭的冲动，我们怎么会用六年的时间变成陌路？

回到公司，把事宜和总裁做了个简单交代，我就和工程部的几位资深工程师一头扎进了港务局的局域网预算案。我们像老鼠打洞一样埋在工作间奋战了十几天，终于拿出来一个理想的数据。

走出工作间后，电梯壁上的我形容枯槁。钻进车里，我却不知该去哪里。放了 MP3，趴在方向盘上静静地看，看在写字楼前匆匆而来又匆匆而去的无数双脚，当苏芮用哭泣的心唱《停在我心里的温柔》时，我泪流满面。

我想到了陆天扬，不知道为什么他就不爱我了，而他的所有坚硬与骄傲，却是停在我心里唯一的温柔。

一路，风将我脸上的泪吹干。陆天扬的公司早早地亮起了灯，我推门进去，里面全是新鲜面孔。这么多年了，公司与员工的关系一直是铁打的营盘流水的兵，不过半年没来，这里已全是新面孔。

陆天扬从游戏中抬起头，看着我笑。刹那间，我产生了错觉，好像我们压根就不曾分手，那个叫颜香的女子只是存在于我某个不快的梦境。

我站在他背后，看他厮杀在虚拟的网络世界。后来，天渐渐黑透了，外面写字间的毛头小子们喊，陆经理，我们下班了。他头也不抬地说好。缓缓地，我伏在他背上，缓缓地，搂紧了他的脖子，在他的发里嗅啊嗅,淡淡的薄荷香里隐着丝丝的烟草香。

再后来,他的手扣在我的手上,将我拽到腿上。空调送出冷风扑在背上,我捉住了他温暖的唇,依旧的程序依旧的温度,弄哭了我的心。

那天夜里,他躺在我的床上,掀开窗帘的一角向外看,我凑过去,看见瓦蓝瓦蓝的天。我想问他,他的爱,是不是已回来?

却无。

他睡着的样子,就像一代霸主,早已将我征服。

还有一周就投标了,我却意外地发现了投标书的一个致命破绽。在我的一力游说下,其他几位工程师将信将疑地答应了修改数据。

其实,这是我的阴谋。女人都是爱的奴仆,我怎能置陆天扬于不顾?他的那份投标书粗糙得令我看不下去,我不想眼见他在事业上一味输下去。

若是投标成功,将会彻底改变陆天扬的人生。网络工程的成本,说白了就是智慧,这些都不是陆天扬缺的,他只是缺一个机遇,以及将这个机遇送予他的人。

若上天注定必须有人为陆天扬的成功做出牺牲,我别无选择。若陆天扬招标成功,我便必须递交辞呈。而我不能确定,陆天扬是否肯还给我向往的爱情。

因为,被更改的数据,才是最科学的。在爱情面前,所谓道德,不过百无一用的摆设。

我带着这个秘密去陆天扬的公司,他出去了,我坐在他的位置上,给他电话:天扬……

他声音平静地说:哦,是婴宁……

我在公司等你。

有事么？他的声音冷静得没一丝温度：颜香发烧了，我正赶去看她，有事改天再说，好吗？

我听到了一些嘈杂的声音，穿心而过，怔怔地望着窗外，看见瓦蓝瓦蓝的天空，第一次感受到这种剔透而幽深的颜色里，藏着凛冽的冷。

哦，我只能说哦，不想问他们究竟是怎样复合的，也不想问，那个在茶楼表演茶艺的颜香究竟比我好在哪里，我怕一开口询问，眼泪就会止不住地流。

而陆天扬已用冷静，封死了我所有哭泣的理由。

我坐在他的桌子前，替他玩完了那套海盗船的游戏。当街道在华灯里璀璨成一片流动的星光，我补了一下淡妆，给陆天扬发短信说：我送了一份礼物给你，在桌上。

他回了两个字：谢谢。

我回家，在电脑上敲辞职信，写好后，装在手包里。递交太早，会引起怀疑，我是这次投标标书制定的主力。

我不再奢望以此感动陆天扬给我爱情，我只是在想，当你放不下对一个人的爱，那么，请一定待他好，把所有能够给的都给他，直到再也没什么可给了，爱也就没了，心也就不疼了。

我的辞呈，最终碎在废纸机里，陆天扬没给我递给总裁的机会，在第二天中午，我收到了快递公司送来的邮包，是那个文件袋。

他没拆封。

我只能继续恨他，因为他不肯给我爱，又不肯给我看低他的机会。

比失去更疼的疼

丝丝本可以去北京或上海读大学，最终读武汉大学，是因为我。她总是一边涂爽身粉一边说：我干吗非要追着你跳到武汉这座火炉里遭罪？你又不是帅哥。

我拧着她的胳膊坏笑：或许，你性取向有问题么。

她的眼睛又大又圆地瞪着，猛地扑上来，把爽身粉扑得我满头满脸都是。我们的友谊开始于一场争吵，那时我们读高一，她说晴雯才是最值得贾宝玉爱的女孩子，我奋起捍卫林黛玉，丝丝嘲笑我有灰姑娘情结，这让我很受伤，仿佛我满身俗气，做梦都想嫁入豪门。

为此，整个高一上学期，我和丝丝相互拒绝搭理。再后来，一封被公开的情书使丝丝恨不能当场遁地而去，我勇敢地抨击了那个男生的浅薄，让丝丝认定了我就是她今生今世的知己。

大学四年，我上铺她下铺，我们一起吃饭一起上课一起逛街，好得让那些有心示爱的男生们直犯嘀咕。

毕业转眼来临，丝丝过够了提心吊胆等待考试成绩的日子，拒绝和我一起读研，一溜烟飞回青岛，有能力卓著的老爸铺路，混进一家著名跨国公司人事部，日子过得体面而悠闲。

我总是从 MSN 签名上知道她的消息，比如：加薪了；老爸给她买车了；恋爱了，被男友宠成掌心里的宝了。有时我去银行取款，会发现钱突然变多了，我知道是丝丝，我的父母是收入普通的工薪族，他们不信任银行，觉得一叠钱以数字的形式抵达我这里让人很不踏实。

我电话丝丝，说谢谢，告诉她我的钱够用，不必这样。丝丝在电话那端笑：我当然知道你钱够用，我只想让你穿漂亮点，钓个叫做男人的眼球动物，喏，别惦记着欠我情要还我恩啊，等你工作了要还给我的，我一笔一笔记得清楚着呢。

在武汉干燥如火的街上，我的眼那么潮湿，没人比丝丝更懂我的心思，从不愿欠人恩义。

所以她说，你要还的。

到底，我还是辜负了丝丝，读研三年，我没钓到一个叫男人的眼球动物，她用热烈的拥抱和一份聘用通知欢迎我回青岛。

她私自替我制作了求职简历，又在公司人事主管面前对我大肆狂赞，于是，我得到这份精算师的工作，不费吹灰之力。

回青岛的当晚，丝丝把男友冯瑞安和我相互隆重推出，在土耳其烧烤吧里，我们喝醉了，勾肩搭背的样子让被冷落在一边的冯瑞安满眼醋意。

看得出，他是个修养极好的男子，一直抿着嘴，任我们闹够了，又开车一一送回。

有我在，丝丝成了核算部常客，午休时上来玩半个小时，她一到，核算部就热闹得不像话，仿佛风过静湖，连一贯沉默寡言的任先生都会从独立格子间踱出来，端杯咖啡，满眼含笑地看着丝丝，时不时插一两句话。

丝丝是天生人来疯，和任先生没上没下的玩笑常让我们这些下属都替她捏把汗，还好，任先生非但不介意，反而笑得爽朗生动。

时间久了，他们也就熟络了，丝丝一来，就把任先生格子间的磨砂玻璃敲得乒乓作响,一副不把他敲出来绝不罢休的嘴脸。

看着她离开核算部时一脸的怏怏不舍,想着她不止一次提及的那些话,便有不安,在我心底隐隐浮起。

她总是怅怅地看了我问:你觉得冯瑞安怎样?

很好啊。我认真说。

她耷拉耷拉眼皮,漫不经心说:也许我是审美疲劳了。

我拍她胳膊一下:少来这一套,还没结婚呢,就审美疲劳了?

她不再说什么,托着下巴,盯着墙壁茫然发呆,半天才说:没结婚就审美疲劳了,还要一起过那么长的一辈子,真崩溃。

我就给她讲冯瑞安的好,内敛而绅士,和她,一动一静正好互补。

丝丝不置可否。

我知道,丝丝对冯瑞安倦意层生是因为任先生的出现。而且,她比谁都明白的是,任先生唯一能给她的,只能是伤害。

可,爱情就是这样,心一动,它就发芽了,都是情非得已。

下班后的丝丝总腻在我家,因为她突然觉得无法面对冯瑞安,索性躲着不见。她专注地看我做菜,目光在菜上,心,早已不知飞到哪里去了,我不想让她犯傻到底,要她打电话叫冯瑞安来吃饭,她不肯,我拿起电话,按冯瑞安的号码,她一把扣断了,把话机抢在怀里抱着,一声不响地看着我,慢慢的,有泪光在眼里潋滟,我不忍,叹口气,随她去了。

她不再看我做菜,到楼下买回一堆碟子,一个人慢慢地看,好像这里一直是她家。

有时,冯瑞安会把电话打到我家,我接了,就扬着话筒说:丝丝,你电话。

她要么恹恹看着我,慢腾腾接电话,要么就大声喊:我在卫生间怎么接电话？让他过会打来。

电话那端的冯瑞安总是修养很好地说，我没事，等她方便了电我也可以。然后，不再打进电话，当然，丝丝也不会给他打过去。

我说丝丝你不要这样。

丝丝不停地忽闪着睫毛很长的眼睛：我怎么样了？你没看这电影是字幕片么？要专心致志地看才能看懂情节。

你不会打到暂停上么？说着，我抢过遥控器：你再这样对待冯瑞安，我就不许你跟我回家。

她默默地看了我一会，盯着被定格了的电视屏幕，捂着脸，缓缓地埋下头去，她也难受，爱情在心里如火如荼地烧着，她灭不掉。

我看不得丝丝难过，按播放键，然后，和她并肩看。爱上不能爱总会让人忧伤。我只能眼睁睁看着她往沼泽里陷，却救赎无力。

爱情这东西，论不得是非，只有，有无爱错人，有无爱对时间。

我们的友谊成了丝丝频繁进出核算部的幌子。

她和我说着前言不搭后语的话，眼神悄悄溜号，磨砂玻璃墙的内的人，才是她最想到达的地方。

我佯做不知，说我在街上见过任先生和他美丽风情的法国妻子；中午，任太太常到街对面的西餐厅等他一起吃饭，去前，任先生悄悄溜进一旁的花店买枝玫瑰藏了，任太太接过玫瑰后会给他一个法式热烈拥抱，惹得餐厅窗外三三两两地站了些看稀罕的人。

我知道这些话像刀子扎在丝丝心上，很残忍。

可，我不能眼睁睁看她把坑害自己的陷阱越挖越大。因为任太太每年只有三个月待在中国，我不指望一个长久旷寂的绅士面对美丽女子的青睐时能从容自持。

丝丝恼我，却不怪我，知道我为她好。她幽幽地打断我的话：没用的，你不要说了。

我编织再多幸福谎言都阻挡不了丝丝的走火入魔。是年冬天,我所担心的一切终于发生。

任太太回了法国。下班后,丝丝的车子无声地滑出停车场,像一尾温顺的小鱼,咬在任先生黑色的奥迪尾后。

我给她打电话,她不接;发短信,她不回。

只在第二天看见我时,没事人一样说:怎么感觉你像冯瑞安的亲姐姐?

我很难受:丝丝,我不想看你受伤。

丝丝就笑,望着窗外的天空,笑得渺茫而空寂。

冯瑞安还会打来电话,我故意把头探出窗去,大喊:丝丝,快上来,你家相公的电话。

冯瑞安就会识趣说:让她玩吧,知道她在哪里就成了,我不和她说话了。

他的声音那么消沉,在这个冬天,丝丝常常带着一脸难以掩饰的幸福残春到公司上班,那些夜晚她没有回家也不在我家,冯瑞安满世界找她。

偶尔,冯瑞安会约我出去,叫了啤酒,用带着忧伤的深邃目光看着我:你是丝丝最好的朋友。

我嗯,和他碰杯。

她什么事都不瞒你。他看着我,眼睛一眨不眨。

我喝酒,把空空的酒杯对着他,望了他笑。他笑笑,仰头干了,我倒上酒,说我和丝丝在大学里的故事,他听得心不在焉而沉默。

说到没话了,我们一起看被寒冷冻得湛蓝湛蓝的夜空,那么好的夜,丝丝在任先生怀里。

冯瑞安心里有很多猜测,我小心翼翼地迂回婉转过去,寄希望于丝丝终是明了,最终的幸福只有冯瑞安给得了时,他的爱,还在得毫发无损。

春风吹过城市，街上新绿萌动，丝丝和任先生的事，也在同僚们的唇齿间生了枝芽，并日盛一日的枝丰叶茂。

放在坊间，不过绯闻一场而已，放在我们公司，是触犯公司章程的大事，闹大了，其中一个走人了事。

丝丝再到核算部时，任先生要么不在，即使在，也不会在丝丝来了后，踱出来谈笑风生。

丝丝默默地倚在我的写字桌上，低着头，长长的发垂下来，间或，有透明液体一滴滴坠落在黑白相间大理石地板上。

我把面纸塞进她手里，低声说丝丝，别这样。

她什么也不说，低着头，无声地离开，她的背越来越薄，像一缕忧郁的烟，在长长的走廊尽头飘散。

是年冬天，人事部经理亲自送我一份通知，纸上的文字充分肯定了我一年来的努力，但，很遗憾，他们还是觉得我不甚适合这个职位，所以，发我双倍薪水，明年，我不必来上班了。

我捏着那张纸，怔怔地看了一会，收拾东西，然后，去对任先生说谢谢。

是的，我要谢他，诚挚地谢他没有让人事部经理把这份通知送到丝丝手里，否则，已够伤心的丝丝会怎样绝望到冰凉？我不敢想象。这是他对丝丝最后的善待。

我走了，丝丝就不会再有借口到核算部让他坐卧不安。

任先生尴尬难掩，说已向另一家公司推荐了我，希望我前途无量。

我再次感谢他的祝福，告辞。他说了对不起，那么低。

我离开公司的第二天，丝丝面带微笑，走进任先生的写字间，端起桌上的咖啡,睥睨而笑地看了他一会,猛地冷了脸,那杯温热的咖啡,在任先生衬衣上开成了一朵放射状的大花。以牺牲我换取的善待,她不稀罕。

然后,她转身,一摇三晃穿过众人的目光,回自己写字间,收拾东西,从容不迫离开。

当晚,她来找我,我不在。

冯瑞安约我喝酒,他告诉我他跟踪了丝丝。她总是在夜幕降临时,把车子停到一栋别墅楼旁,下车,站在别墅门前,静静站一会,有时,会趴在门上听一会,离开时,满脸是泪。

冯瑞安说:她只是为了去听听那扇门内的声音,然后离开。

我说编这么煽情的细节,你该去写言情小说。

冯瑞安举手做发誓状。我们喝酒,醉了,像两个浪荡的酒鬼相互搀扶着走在回家的路上。

远远的,看见丝丝在月光下的影子时,我愣了,一个激灵醒来,猛地掀掉了冯瑞安搭在我肩上的胳膊。

冯瑞安踉跄了一下。我呆呆地看着慢慢走来的丝丝,拼命想,亲爱的丝丝,我该怎么向你解释?

再不稀罕的爱情,也没人愿意它落到密友手里,再好的友情,触犯到这条戒律也只有死路一条。

丝丝没给我解释的机会,一个月后,她去了美国,信息杳无。她的好,就成了疼,比失去更疼的疼,在我心里,一直。

隐形爱情

2006年春天，我在青岛大学附近的花店打工，当然，我的主要任务是为顾客们送鲜花。这份工作薪水不高，却很快乐，我喜欢看到那些女孩子收到鲜花后的表情，满脸甜蜜的幸福，仿佛春天永驻。

业务不忙时，我站在窗口，看青岛大学门口进进出出的学生，看得我满脸羡慕。上大学曾经是我的理想，只是，我总不能眼睁睁看着母亲一边照顾长年卧病的父亲一边含辛茹苦地供我读书。高二那年，我故意和同学打架，被学校开除。母亲哭了整整一夜，她骂我，央求校长，她怎么也搞不明白一贯老实本分、成绩优异的我会一夜之间变成了坏孩子。

其实，我只是不忍她受累，找个借口顺理成章地退学而已。

然后，我来到青岛。一晃四年，我做过的工，已不计其数。

弯弯就是我在花店打工时认识的，她像一株移动的青葱小树，每天都会穿过宽阔的马路，从马路对面的教学区到马路这边的食堂吃饭。路过花店时，她常常驻足片刻，看店里的鲜花或是问某种花的名字以及花语。

我一一认真地答她，听完后，她总是笑着说，这样啊，谢谢你。

那时，我还不知她的名字，只知道她是个眼神清澈，笑起来脸上会有两个小酒窝的青大学生。

每当店里进了新品，唯恐她来问时我却答不上来，我都会飞快地翻书，查出这种花的特性与花语，店老板仿佛看穿了我的心思：小良，别那么用心。

我当然明白老板的意思，像我这样一个居无定所的打工仔，即使她爱我，我都没有资格接受。除了清贫，我一无所有。爱一个人就应该让一个人快乐，只能勉强维持生计的日子，养活不了一场爱情。

这年夏天，我终于知道了她的名字，一位顾客订了一大束玫瑰，让我送到青大某寝室。

我对青大女生寝室并不陌生，去送过N次鲜花了，我让管理员阿姨找一下418寝室的弯弯小姐。

片刻之后，一个身影蹦蹦跳跳地跑过来，我瞪大眼睛：你就是弯弯？

她笑，接过鲜花，深情地嗅了一下：为什么我不可以是弯弯？样子很是俏皮。

我讷讷地笑着：我有点意外，你的名字真好听。

她接过鲜花：谢谢你。

说完转身就往寝室楼跑，望着她欢快的背影，我有些失神，像丢了什么东西，却要命的想不起这东西是什么。

回店的路上，我拼命想那位前来买花的先生的样子，身材挺拔，衣着体面，笑容落拓，眉目间有我怎么拼都拼不出来的自信。

那天晚上，我第一次学着抽烟，香烟那么呛，呛得我泪流满面。

是的，弯弯就像一块只有金子才能配得上的美玉，而我，不过是一块锈迹斑斑的烂铁蜷缩在角落里，连和金子并排在一起的可能都没有，就更不要说去和一块金子相媲美了。

母亲说过，人要自知，否则就是自找受伤自取其辱。

我流了一夜泪,拼命地用泪水冲洗弯弯留在我心中的痕迹。

从此后,我每周都会给弯弯送一次花,当然,是她男朋友在这里下了订单,由我送去。或许是因为知道男朋友的花是从我们店里订的,弯弯每次路过我们店门口时,都会停下来冲我笑笑,如时间从容,还会和我聊一会天,大多是聊她的男朋友,我知道了他是弯弯参加一次社会实践活动时认识的,是某公司的部门经理,有房有车,生活优越,把弯弯当掌心里的宝一样宠着。

我总是安静地听着,微微地笑着,没有人能看得见我内心的酸楚。

有时,弯弯会说:你怎么不说话?

我慌乱地低声"啊"一下,仿佛从梦中醒来,弯弯就不满地撅撅小嘴:你怎么这么心不在焉啊?以后我再也不和你说话了。

我忙说:没呢,我是在为你高兴呢。

弯弯扑哧一下就笑了:这还差不多。

当秋天来了时,我突然发现,路过我们花店的弯弯,不仅不再像以前那样进来说话,甚至连多看花店一眼都不愿意,整个人都恹恹的,像一株被秋霜打蔫了的小草。

我突然想起,大约有三周没有给弯弯送花了。

大约猜到点什么后,我的心,开始隐隐地难受。

等弯弯再一次路过花店时,我跟她打招呼:弯弯……

她懒懒地看了我一眼,站定,看着我:什么事?

我笑笑:没什么事,你好久不到我们店里来看花了。

弯弯没精打采地说:花有什么好看的?

我讷讷的,拼命找话,脑袋却是一片空白,弯弯看着我:没事吧?没事我就去吃饭了。

没事。我忙说。

弯弯迟疑了一下,突然说:你是不是很好奇,为什么他三周没让你给我送花了?

我怕触动了她心里的伤感,连忙摇头说:没呢……

弯弯不高兴:你也学会藏着掖着了?实话告诉你吧,我打他手机总没人接,去公司找他,门卫总说他出差了,也就是说,不知道为什么我就莫名其妙地失恋了。

或许他有什么事不方便告诉你,或许他到国外出差了。我小心翼翼地说。

弯弯低声地切了一声:我可没你那么天真。

说完,弯弯就径直向学校食堂的方向走了,我愣愣地看着她,忽然难受,比她还难受,我不否认,我依然喜欢着她,可望而不可及地喜欢着,希望她永远快乐开心,笑得像春天的花朵一样明媚。

可,在这个秋天,明媚的笑像一朵凋零的花,从弯弯脸上消失了,她再也不边走边欢快地哼着歌,再也不关心新品花朵的花语。

我让老板给我包了一束玫瑰花,包好后,老板问:是哪位顾客订的?

我小声说:我……

老板瞪大眼:恋爱了?真看不出,你也学会浪漫了,不过要量力而为,浪漫是需要资本的。

我低低说:知道……

我找出一张卡片,写上弯弯的名字,送花人的落款,是弯弯男友的名字,老板默默地在一边看着,半天才说:何苦呢?

我笑笑:我希望她快乐。

只是希望她快乐?老板问。

我郑重点头。

老板拍拍我的肩:我给你算半价。

我谢了老板,飞快地跑向青大寝室。

当跑下楼来的弯弯看着满怀鲜花的我,她睁大了眼睛,几乎是猛扑上来,翻着鲜花上的卡片,幸福的泪花就晶莹了她清澈的眼睛:真的是他?

我点头。

弯弯接过鲜花,把脸幸福地埋进花丛里,又问了很多关于男友的话,问他瘦了没有,为什么不来见她,为什么不接她的电话……

我一一说不知道,只说她男友交代过,要我对他的情况暂时保密,等过段时间就会来见她。

往日的欢快和俏皮又回到了弯弯的脸上,她欢快地说,只要他平安就好。

我强作欢颜地说了一些祝福的话,就离开了。

我每周送弯弯一束玫瑰花,每次收到花,弯弯都会拼命打听男友的近况,甚至要我告诉她,男友都是什么时候到店里去,她想给他来一次浪漫伏击呢。

我知道长久这样下去也不是办法,早晚有一天会露馅的,一边拼命撒谎搪塞她,一边借送花的机会寻找她男友的下落。

得到的消息,却是令人黯然神伤,她的男友之所以对她避而不见,并不是不爱她了,而是他出了车祸,一条腿被从膝盖处截肢了,他其一是不想拖累弯弯一辈子,其二是怕弯弯不能接受他残缺的身体而心灵再受一次伤。

我把这个消息告诉老板,问她我应该怎么办?

老板沉吟良久:她总要知道总要面对的,你还是告诉她吧。

我不敢想象,知道真情后的弯弯会怎样?

最后,我还是决定告诉弯弯真相,第二天,我让老板给我包了一束花,然后写了一张卡片:亲爱的弯弯:原谅我这些日子没有见你,我们还是分手吧,因为我已残疾了,车祸夺走了我一条腿,我能给你的,已经不是幸福而是拖累。原谅我。

我怀着复杂的心情,在楼下等弯弯,我想象她看到卡片上的留言时,会有怎样的表情。

管理员阿姨打了电话后,弯弯像往常一样蹦蹦跳跳着跑来,当她接过鲜花,欢快地翻看卡片时,原本灿烂的笑容渐渐僵硬,她怔怔地看着我:你在和我开玩笑?

我黯然摇头。

一定是他在和我搞恶作剧。说着,泪水已从弯弯脸上滚落下来。

我不敢看她的眼睛。

弯弯捶打着我的肩:你不是告诉我他很好吗?

我低着头,说不出话。

他住哪家医院?哭够了的弯弯急切地问。

我告诉了她医院的名字,弯弯顾不得回寝室换鞋就向校门口冲去:我要去看他。

很多天后,我看见弯弯搀扶着她男朋友在街边散步,她看着我,远远地笑着,像以前那样干净而美好的笑。

后来,弯弯执意要把我送的鲜花的钱还我,我不肯收,她眨着清澈的眼睛,问:为什么?

我笑:就当我送你的祝福,谢谢你让我旁观了一场美好的爱情。

她永远不会知道,我对她的爱有多深,深到只要看到她快乐的笑脸,我就心满意足。在这世上,爱有很多种样子。我对弯弯,是其中一种:爱到只剩默默祝福的一个人的爱情,叫成全。

相爱到离散

阮之龙喜欢趴在走廊的窗口冲我打呼哨,如果我扭头看他,他就会坏坏地笑着说:莫浅浅,同学们都说你得了一种不会笑的怪病,我说不是,你笑一个给他们看看。

那时,我读五年级,阮之龙在隔壁读六年级,从四年级下学期开始,我就没笑过,因为我的牙齿。

我害怕大家盯着我的牙齿看来看去,那些好奇的目光以及问长问短,严重地伤害了我稚弱的自尊。

我知道他们在背后叫我钢牙妹,我假装若无其事,回家冲妈妈发脾气,把牙齿矫正套扔在茶几上,妈妈总是耐心地说浅浅,妈妈这是爱你,因为妈妈希望你长成一个漂亮的女孩子,像张曼玉那么完美无瑕。

为了长成张曼玉,我咬牙切齿地认了钢牙妹这个外号。

做钢牙妹让我很孤单,为了尽量藏好钢牙套,我总是一本正经地板着脸,没人喜欢和像教务主任一样严肃的莫浅浅玩,除了阮之龙。我们住同一小区,放学后,他总是背着书包从后面追上来,跳到我面前猛地站住,歪着一本正经的脑袋看着我说:钢牙妹,一个人走,你不怕孤单啊?

我冷漠地乜斜他一眼,不屑搭腔,继续前行。

阮之龙有些很残忍的勇敢,是唯一一个敢当面叫我钢牙妹的人,我讨厌他,哪怕他喋喋不休地说只要当别人喊钢牙妹时,我表现出无所谓的泰然自若,别人反倒会索然无味,不再用这个外号捉弄我了。

我加快脚步,他在后面喊:相信我,我妈妈是心理医生,是她告诉我的。

我回过头,坏笑着,冷不丁说:细辫子假妞!

阮之龙的脸登时就冷了下去,并迅速涨得通红:莫浅浅!你……不识好歹。

据说,阮之龙上学的第一天在操场看台上哭得一塌糊涂,因为老师说想上学他就必须剪掉那条在后脑勺上荡悠了六年的像老鼠尾巴那么细的小辫子。

阮之龙并没和我翻脸,我叫了他无数次细辫子假妞。

直到现在,我依然叫,他已是我的男友,除了他,我没喜欢过其他男生,他亦是。为了不和我分开,他泯灭了父母的热望,放弃北大,和我报考了同一所本市大学。

阮之龙总是很自得地说,我们的恋爱长度,创造了吉尼斯世界纪录。

我翻着白眼说:古代还有娃娃亲呢。

阮之龙会一本正经说我们是自己做主的娃娃亲,在幼儿园大班时我就爱上了你。

我嗤之以鼻:还有指腹为婚呢。

阮之龙理屈词穷,用无比深情的目光看着我:如果人真的有灵魂,这辈子结束时,我们决不喝孟婆汤,让我们来生的一开始就记得彼此,这样,两辈子加起来的爱情,没人比得了了吧?

我盈盈地笑,爱情会让人的智商低龄化,只要我们在一起,就是快乐的,虽然我们做着并不如意的工作,没有太多的薪水购买奢侈的快乐。其实，如果贪欲不发作，在衣能蔽体食能果腹后，快乐和金钱就没了太大关系。

计算机专业的阮之龙早我一年毕业，那时，IT 业从最初的风光喧哗渐入泡沫破碎阶段，阮之龙的进军大公司、做风光 IT 人士的梦想，碎成了一地尘埃。

他在一家不足十人的网络工程公司做程序员，加班是家常便饭，薪水少到他要刻薄自己的生活质量一个月才能送我一件普通得不能再普通的礼物。

每次收到他的礼物我都会哭，他那么累，长年关在房间里编程使他看上去像一株缺乏阳光普照的豆芽菜，我说阮之龙我不要你的礼物我要你的健康。

这时的阮之龙很忧郁，总是坐在街边的护栏上荡着修长的瘦腿，定定地看着我：浅浅，你越来越漂亮了，我很怕。

他总是说很怕，怕某天早晨醒来，发现不够优秀的他已失去了我，我总是抱着他的腰说不会的不会的，只要你不抛弃我。

我知道自己不够漂亮，除了好身材，终于没把脸蛋长成张曼玉，最多也就中人姿色，可，因为有爱，阮之龙看我就是最美的。就如他在我眼中，就是那个拿全世界的拥有权我都不换的英俊男生。

转瞬，一年过去，我毕业了。父亲拼出自尊，把我塞进本市最著名医院，做外科护士。

上班的第一天，我长长地吁了一口气，终于，我可以赚钱把那些绸缪了很久的昂贵礼物买下来，送给阮之龙。

爱一个人时，你会恨不能把整个世界都买下来送他，并非我犯贱，而是，除此之外，我找不到更恰当的方式让他知道我的爱。

阮之龙渐渐厌倦了编程的枯燥，可，他又耻于赋闲。

怕他闷坏，我就拽他去 K 歌，我喜欢看他眯着眼睛唱歌的样子,好像连空气都被他的歌声征服,我静静地蛰伏在每一个角落,享受着他忧郁的、略带金属质地的声线。

如果我轮休,正好他也因昨夜加班到凌晨而在家休息,我们就会一早杀进K歌房,这个时段的包间费最便宜。然后,我托着下巴,静静地看着他,听他的声音让一串串苍白的音符有了灵性有了颜色。

从K歌房出来,阮之龙总是一句话不说地揽着我的肩往前走,走着走着,突兀地就停了下来,回头说:浅浅,我们的生活不能永远这个样。

是的,我也曾在深夜里追问自己:将来会怎样?

我们像空洞的黑夜一样迷惘,看不到前行的方向,直到某年某月的某一天,阮之龙突然把一份晚报摆到我面前并努努嘴巴说:怎么样?

我正在抱着爆米花看电视,大多数夜晚,我都是一手抱着爆米花桶一手捏着遥控器端坐在电视机前,因为我们家世平常,他只是一家小破网络工程公司的编程员,而我,只是个跟在医生身后收拾残局的护士,城市的繁华与时尚,我们只能当作风景去看,从不试图深入其中,而且,现实也告诉我们,即使想,也不能。

从家里搬出来和阮之龙同居的那一天,妈妈就曾说,一株草的幸福就是不去仰慕一棵树所拥有的天空。这句话,一直被我当做幸福坐标烙在心里。

我抬了抬眼皮:什么?

阮之龙说:你看么。

顺着他的目光,我看到了一整版的广告,某歌唱赛事的海选,我默默地、逐一地看着那些文字,然后抬头看着他,笑容慢慢璀璨:我支持你!

他抱起我,在不足十平方的小客厅转圈,有瓶子以及杂物被扫到地上的声音,凌乱嘈杂却也欢快。

那天晚上,我们躺在床上,望着窗外瓦蓝瓦蓝的天空,缤纷的幻像花朵一样在我们心里语言里纵横交错,我提着他的耳朵:阮之龙,如果你得了冠军,会不会不要我了?

阮之龙说:如果我海选就落马你会不会离我而去?

我们盯着彼此眼睛里的自己,忽然地大笑,那些笑声很晴朗,像一群小小的孩子,奔跑在柔软的沙滩上。

一周后,我请假陪阮之龙去参加海选。

他不知道,为了把他打扮得更帅,我的信用卡透支了。在陪他去海选的路上,他不知道,我已经开始了害怕。

是那种对未来突然失去了把握的害怕。

他一次次回头问我:浅浅,你怎么比我还紧张?说着,就把我的手摆在阳光下,有细细的汗水,在我的掌心里晶莹地潮湿着。

我怔怔地看着掌心,突然地就哭了,拽着他的白T恤说:阮之龙,咱们回家吧。

浅浅,别耍小孩子脾气,我都不怕,你怕什么怕?

他不知道我怕什么,我害怕失去,一次人生机遇或许就意味着另一种生活,我不知道,在另一种生活里的阮之龙还会不会像以前那样爱我?一对关在笼子里的情侣鸟飞进森林后还会像以前那样相爱么?

可是,我爱他,我得成全他所有的愿望与快乐。

阮之龙海选成功。

阮之龙初赛成功。

阮之龙晋级赛成功……

我一直在台下,台上的阮之龙光彩夺目,他的声音那么夺人心魄,台下,为他欢呼的男男女女里,有许多女孩子和我一样,为他,泪流满面。

可是，我知道，眼泪和眼泪的内容是不一样的。

我的眼泪是惶恐是害怕，现在，我还是不是他眼中唯一的一朵玫瑰花？在很多时候，爱情的独占性使我巴不得阮之龙盲掉，这样，他就看不到那些女孩子们的美丽与她们眼中的狂热钦慕。

我感觉得到，随着晋级赛的逐步递进，阮之龙在渐渐地与从前的生活作别，从开始底气不足的怯怯躲避到后来理直气壮地拒绝，看上去，都那么顺理成章。进入十强赛后，阮之龙就彻底从网络工程公司辞职了，也是从那时起，他已需要戴墨镜上街，他牵着我的手，身材挺拔显示出些许骄傲的姿态。朋友们都羡慕我选了一支绩优股。

我用四个月的长假，陪阮之龙走完了整个赛程。他获得了亚军。值得庆贺的是有几家娱乐公司很看好他，纷纷约他洽谈签约。

即使夜晚，阮之龙也不得不一次次地被电话吵醒，有娱记的，有粉丝的，有演出公司的。渐渐的，他有了脾气，但从不冲我发。是的，他进入了另一种生活，唯独爱，还留在原地。我的心里，充满了对上帝的感恩。

那家著名的娱乐公司签他时提出：签约期间，不可以恋爱。阮之龙看了看脸色苍白的我，坚定地摇了摇头。娱乐公司让步：可以恋爱，但不可以公开。

阮之龙拉起我，倔强地说：我想和女朋友牵着手逛街、晒太阳，在冷饮店从一只碗里刨冰淇淋吃。

娱乐公司的经理人追出来，向阮之龙的爱情低头妥协。

阮之龙开始了没完没了亦无比辉煌的演艺生涯，他带着我到各地演出，我在台下仰望着他，像孩子仰望夏夜的星空，他总是唱着唱着，暖暖的目光就滑下来，像阳光，从我脸上普照到我心里。

而我，那么害怕上天会突然收回对我的恩宠。

阮之龙所到之处，便被粉丝们包围，我总是被狂热的粉丝们从他的身边挤开，一个人，有些落寞地站在圈外，看着他被人索签名索合影甚至被袭吻……

我努力地让表情轻松，不想给他看出内心里的紧张与吃醋，他说过，进入娱乐圈的人都将失去私生活，一举一动都成了娱乐大众的道具。

这些，我懂。最可怕的不是被娱记跟踪偷拍等，被传媒遗忘才是艺人最惨的下场。

当他在台上和女歌手款款深情地牵手对唱时，我就会恍惚着想，表演也可以让深情这样温暖专注么？当他和圈内人一起高谈阔论也不忘时时向像沉默的落叶一样的我报以温暖微笑时，我就会难受。

我想起了妈妈的那句话，我不过是一株小小的草，而他，已在不经意间长成了参天大树。

草永远抵达不了树的高度，哪怕这高度只是一种生活阶层，这时的草，是否还拥有真的幸福？

我拿这话去问阮之龙，他抚摸着我单薄的肩说：浅浅，不要怀疑爱情，你消瘦得让我心疼。

我把脸埋在他掌心里，哭了，他从没让我哭过。这一次也不是，是内心的恐惧。

我不想目睹他被众芳包围得身不由己，也不想去揣测着他与女艺人同台演出的亲密细节而心疼。我回青岛上班了，离京那天，上午还晴朗朗的天，下午就秋雨弥漫了，很是天人合一地迎合了我的心境。在首都机场，他一直攥着我的手，眼神忧郁，仿佛我们重回了那段看不见未来的过去。

末了，他说：如果想我了，就飞来，任何时候。

我哭得说不出话，仿佛这一去，所有的往事都在丢失。生命是什么？一堆记忆而已。丢失了往事的莫浅浅等于丢掉了二十几年的命。

那场凄冷的别离之雨，应当是上天给我的暗喻吧。

回青岛后，他每天打电话给我，我断断续续地追寻着报纸娱乐版猜测他的行迹，有好的也有坏的，譬如公司有时会制造一些绯闻让大家关注他时，他都会提前电话告诉我，要我不要介意。

我总是笑着说好的，其实，心里渐渐地有了冷意，我他之间，仿佛隔了一道坚硬的玻璃屏障，可彼此相望，却不能融入。

在这年秋天，我那么地盼望一夕忽老，希望我们已经很老很老了，老到大众已遗忘了他，他只属于我的，我们在一片小小的园子里种花养狗，没有别人。我们的爱情，不再一次次被相熟的人对照着报纸上的绯闻猜测而受到莫须有的伤害。

我告诉阮之龙，我厌倦了一次次向身边的人解释我们的爱情还是原来的样子。

阮之龙就劝我辞职，他完全有能力给我一份所谓都市新贵的生活。这样，我就不会被追问的言语和同情的目光伤害。

我想了想，做不到。我做不到每天关在家里，仅仅是从电视报纸上知道他的行迹，也做不到只在电话里听他说我爱你，自尊的脆弱使我更做不到像一株低矮的草偎依在他这棵茁壮的树下。完全依附于他的生活，将使我开始怀疑对他的爱是不是掺杂了功利目的。

我做不到这样辱没自己，哪怕以爱情的名义。

我问他：草和树在一起会有真正的幸福么？

他沉默，良久，说：我和你一起做回草。

我笑：那是对树的毁灭。眼泪掉下来，我没哭。那棵做回草的树会牢记了树的辉煌，那些记忆都将因光辉的遁去而变成了痛苦。

我要他快乐，可是，我也知道做一片沉默落叶的疼，我害怕我的最终，将像那首感伤的诗：叶子的离去，并非风的追求，而是，树的不挽留。所以半年后，我给他寄了一张请柬，请他来参加我的婚礼。此前，我只是逐渐让他习惯了不是每次电话都能找到我，让自己渐渐习惯了不看任何娱乐节目和报纸娱乐版，没和他说分手，因为有人说，女孩子说分手其实是希望被挽留，我不愿给他这么想的机会。索性，直接给他一个无可更改的结局，连为什么都不给。

他没来，在我婚礼的当天晚上，他在酒吧喝醉了，和人打架，被捅了五刀，其中一刀捅在脖子上，声带彻底损坏。

我去看他时，把结婚戒指褪下来，装进手袋，怕它坚硬生冷的光芒会刺伤他的心。

他躺在床上，远远地看着我笑，大颗大颗的眼泪流下来，被旁边一位乖顺女子，用指尖小心翼翼地揩掉了。

我站在病房门外，久久地望着他笑，然后，转身离开，眼泪掉下来，是的，我没哭，只是眼泪不听话。时光是一条流动的河，没有人能回到过去，每一场刻骨铭心的爱情死去后都变成了剧毒。

没人知道我爱你

去他家,从来不敲门,而是径直穿过客厅,去书房里找他。

并不是小婉有钥匙,而是他的门总是大大地开在空气里,那时的小婉,背着小提琴,像春天的麦株,走过大红的长条地板,穿过林立的书架,站在他的身后,嘤声细语说:陈老师。

他头也不回,在夕照里眯起眼睛,听小婉拉琴,小婉的心就悬了起来。他的眼睛里装着利器的,剜啊剜的。

其实,他从未呵责过小婉的,但,小婉就是怕他的,怕得从不敢与他对视。

很多时候,他说,拉琴不是用手,而是用心的,没有用心,拉出来音乐是没有灵魂的。

小婉静静听着,手指环在一边拧啊拧的。

他有一个薄瓷茶壶,纸样薄,小婉来,里面就泡上了桂花,他的阳台外,有株大大的桂花树,在秋天里香气飘袅。

盛美总是在小婉学琴的时候来,一个美得逼人的女子,是陈的女友,三年前,陈的太太去了日本,寄回一纸离婚书。小婉的妈妈是不悦的,因为她付钱买下了陈的两个小时,这两个小时,应归小婉专用。

可这些,小婉并不介意,她介意的只是盛美常常站在身后,听她拉琴,间或,吃吃笑着伏在陈耳朵上说些什么。

陈总是一声不吭地拽了她，去客厅。

陈总说小婉不是拉琴的料子，甚至拉琴都会走音，他怎么会知道，走音，那是小婉的心走掉了。

那一年，陈35岁，小婉18岁，转年秋天，小婉考取了上海戏剧学院。

去向他告辞，才见门锁了，锁眼里积存了薄薄的灰尘，好像他离家很久了。

小婉呆呆地看了半天，风吹起的叶子拂到腿上，有种东西，小小的，在心里一跳一跳的，微疼，如针频刺。

秋天的上海阴阴地冷着，小婉常常趴在寝室的窗台上，怀念一个有小院的阳台，小院里，有棵圆而高的桂花，秋风一来，芳香满院。

想起这些的时候，一串通往他的数字，在电话上起起落落地拨了多次，没有一次肯去拨完，心中的恐慌，终是让她知道，对陈的那些怕，其实，是爱。

爱的深了，就会怕的，没来由的怕，不知为什么，无从逃避。

想他的时候，小婉在偌大的上海城转来转去，她不知自己要找什么，只是像一粒漂浮在风中的尘埃，飞呀飞的，找不到一片宁静的阳光歇息。

深秋时，静安区的一条老路上飘荡的气息让她泪如雨下，气息是从街边的店子中飘出来的，然后，她看见了门面上的几个金灿灿的字：桂花糕。

那天，她就坐在店里临窗的桌子上，面前摆了几块温润的桂花糕。

后来，小婉就做了桂花糕店的钟点工，其实，不在赚钱，她想，寒假回去，就去找陈，给他做桂花糕。

想到陈时,小婉的脑海里会闪过盛美的样子,隐隐地,有些恨她,希望她会离开陈,然后,自己的爱情便被成全了。

桂花糕店没有客人时,小婉就依在制作间的门上,师傅是中年的店主夫妇,像所有矜持着祖传制造方法不肯外传的人一样,在制作关键时,总是冲小婉笑笑,掩了门。

木木就是小婉站在店堂的阳光中失魂落魄时出现的,他说:你是新来的么?

小婉说是呀。

然后,一个有心一个无意地聊着,后来,木木说现在的年轻人很少有爱吃桂花糕的了,他们更喜欢肯德基和麦当劳的快餐,父母做这些不在赚钱,而在快乐。

小婉才知,他是店主的儿子,一个看上去干净而挺拔的阳光男子,他说自己的生活,黑夜是白天的叛徒,白天,他穿着衬衣打着领带,是当下写字楼的精英人物;夜晚,他套上火红的锐步运动衣飙车,他迷恋风在耳边忽忽跑过的声音。

他的腿上有四处伤疤,是飙车留给他的纪念。小婉后来可以看他腿上的伤疤时,就想到了陈,他是她的伤疤,在心上。

这已经是转年春天的事了,小婉终于从木木的嘴里,知道了桂花糕的配方。

木木趁父母去乡下度假时,偷偷打开了制作间的门,让小婉尽情挥霍制作原料。上海的冬天是阴冷的,风在窗外忽忽地奔跑着,小婉鼻尖挂着幸福的微汗。

木木看得发呆,他的臂就圈了过来,小婉手里的桂花糕就落了地,她惊恐地仰起头不敢回首去看,木木的唇在她的发上轻轻点了一下,放开。

小婉的心是暖的,有点滴的感动滑过心尖,知道木木是喜欢自己的,从见面的一瞬开始。

可，她还是要自己绕了过去，因为，她终于找到一个借口给陈打电话，告诉他桂花是可以做又美又香的糕。

电话一响，陈就接起来了，小婉忽然地说不出话，讷讷着，满脸涨红，幸亏隔着电话线，他看不见自己的窘迫，只是，低声说出了自己的名字。

陈慢悠悠说：小婉啊，有事么？

小婉努力地，让声音听上去自然从容一些：呵，你知道么？桂花还可以做桂花糕的，那么香……

陈就笑着说：早就知道啊，桂花做成糕就俗气了。

小婉的心，呱嗒一声，疼痛落地，同样是桂花，怎么就会俗气了呢？

那边，好像盛美在的，隐约听见她喊陈，小婉识趣地扣了电话。

黑夜，木木总会驾着他的摩托，轰鸣着奔到小婉的寝室楼下，一条腿支在地上，抽烟等她，常常被巡逻的校警罚款，可是他并不恼，总有办法把摩托开进来，望着慢慢下楼的小婉满眼的幸福，像在春风中荡漾的湖。

他总问：小婉，怎么不去店里了？

小婉说：学会做桂花糕又有什么意思，现在已经没人爱吃了。

木木说我爱。

夜里，小婉总情不自禁地拨上陈的电话，即使听到的只有振铃在寂寞无边的响也好，因为，那是来自陈的声音。大多时候陈是在的，好像他就一直守在电话旁，振铃一响便接了起来。收线后，小婉便拼命回想刚才说了些什么，都是模糊的，找不到主题，只记得他的声音是暖的，像冬天的阳光站在无风的墙前。

被木木追问逼急了，小婉便说自己爱着别人，却答不出究竟是谁，她总不能说，让自己沉溺不能自拔的是单相思吧？

木木便认为这是小婉为回避自己而制造的借口:可你总是一个人。

小婉坐在摩托车后座上,两个人并排,谁都不说话,风擦着脸徐徐而过,小婉说:我想回店里打工。

木木跳起来说好啊好啊,回头我告诉爸爸妈妈。

小婉的心里已是落了泪,这次打工,是真的为了赚钱的,她需要钱,因为她要每晚一个长途,问候远方的陈。

小婉终是没有忍住,问陈:盛美现在好么?

陈顿了半天说:很久没见她了,她去北京了。

小婉说是么……

第二天,小婉便倾其所有,飞回了青岛。

陈的门,是锁着的,她倚着门坐下,春天的阳光懒洋洋爬在脸上,很快,旅途的困顿就让她睡着了,嘴角挂着一抹幸福的微笑。

睁开眼时,看见弯着腰的陈在欣赏她的睡姿,小婉的脸腾地就红了,刚要站起来,却被轻轻抱起:睡在这里,会着凉的。

在绵软的沙发上,陈和她并肩咫尺,只要她的头一歪,就可靠上去,她还是把这种愿望隐忍了,说:去上海前我来找过你,你不在。

我去外地散心了,我想我一直在逃,我害怕婚姻。陈轻描淡写。

小婉怔怔地张大了眼,知道陈也算是阅尽情事沧桑的男子,怎会不懂自己的心思呢?女子一旦爱上了,便是无条件的投降,愿意为不该开始的爱情寻一万个茁壮的理由。

明年,我就毕业了。小婉用期冀的眼神软软笼罩了他,她是要等陈一句话的,哪怕一个暗示,她亦会披荆斩棘地来到他的身边。

陈顿了顿:是么?其实,上海是个不错的城市,你可以考虑留下的。

小婉的心轻轻坠了一下，于心不甘：上海没有让我留恋的人。

陈别了脸，起身，用调侃语气说：竟忘了给你泡茶，小姑娘，在上海三年多，难道就没有爱上一个人么？

小婉愣愣地看着一脸风平浪静的陈，难道他以为自己千里迢迢跑回来只是为了听他说害怕婚姻、向他汇报自己在上海的情路历史？

原本，他是不曾爱的，绝望的泪重重砸在小婉心上。

再后来，话就少了，两人各握一杯茶，坐到凌晨，杯中的桂花和空气一样寂寥。

回上海，一路上未曾有泪，心朽似木。

同寝室的女孩说：小婉，你跑哪里去了，也不请假，木木找你找疯了，刚才他去派出所报案了。

小婉淡然说：是么。

喝了一杯水，然后给木木打电话：我回来了。

少顷，寝室楼下就响起了摩托的轰鸣，木木气喘吁吁跑上来，一把抓她在怀：坏东西，你跑到哪里去了？吓死我了。

小婉拉着木木下楼，走了很久，停下，平静地说：木木，你爱我么？

然后，小婉就做了木木的女友。时光温润而平静，偶尔，还会想起陈，回忆里没有他的脸，只有一壶剔透的桂花茶。

其实，陈曾给小婉打过电话，是同寝室的女孩接的，说小婉和男友上街了。

陈说了谢谢，没说自己是谁。

其实，陈想问小婉：那天，你为什么不答我的话？

现在，没必要问了，爱她，就让她少承受一些伤害吧，爱情的左右摇摆选择，是件折磨人的事。

小婉永远不会知道，陈和盛美分开了，只为了好好地，等待爱情光临，在小婉面前，他觉得自己那么老了，有过失败的婚姻远去的盛美，都被她睹在了干净的眼眸里，让他的爱，一点点自卑下去，不敢主动说出口。

戒指

紫筠10岁时，母亲切掉了一只乳房。牵着母亲的手，从医院出来，母亲的脸一直仰得很高，一滴冰凉的水落在紫筠手上。紫筠说："妈妈下雨了。"抬头看天空，明晃晃的太阳很好，母亲脸上滑过两道晶莹的泪痕。

母亲，骄傲而崇尚完美的女人，现在，完美不再，骄傲也就失去了底气。

父亲越来越少回来，后来，直接不回来了，偶尔去学校看看紫筠，牵着紫筠的手，去附近的茶吧，买上一客冰淇淋，看紫筠慢慢地吃，歉疚还有茫然，在他暗淡的眼眸里。

每次见了父亲，紫筠会对母亲说，母亲冷冷的，不语，仿佛不屑于知道。渐渐的，紫筠不再说。

一年后，母亲把一张纸寄到父亲的公司，一周后，那张纸被寄回来，上面多了父亲的签字。母亲拿着它去街道办事处，换回两本绿色封皮的小本子。其中一本寄给父亲，他们对彼此的不屑，连见面都不可以。

母亲开始相亲，领着紫筠的手，对见面的每个男人说："我女儿紫筠。"

她一直淡淡的，所有的男人，只见一面。

一次，梦里的母亲喊："我一定要找一个比你强的。"紫筠被惊醒，看见沉在睡梦里的母亲，脸上有愤恨和泪水。

所以，即使再嫁，母亲亦要嫁优于父亲的男人，对于很优秀的父亲，对于美丽有了缺憾的母亲，不是很容易。

后来，就有了鲁原。紫筠记得那天是在忘情水茶吧，自己坐在一侧，看见母亲脸上的笑容，很久很久没有过了。

鲁原不时看看紫筠，母亲说：紫筠，我的女儿。母亲拽一下紫筠的手，紫筠抬一下细长的眼睛，碰撞到鲁原的眼神时，飞快落下，轻轻的，瞬息惊散周围宁静的空气。鲁原的眼神宽阔晴朗，如包容了世间万物。

母亲和鲁原恋爱。除掉空了一边的胸，母亲还是美的，栗色的长发，安宁白皙的脸，依旧窈窕的身材，是一种让冬季枝干一样细细的紫筠自卑的美丽，和鲁原的高而健壮很相配。

后来，紫筠就知道，鲁原丧妻五年，开一家很大的健身俱乐部，有车有房，有很多胜于母亲的选择。半年后他们结婚。母亲终于证明了依旧的魅力。

很多年后，紫筠仍然记得母亲和鲁原见面的那天，鲁原肩上搭着一件白色运动衣，裸露着的胳膊上闪烁着金属般的微黑光泽，眼睛里盛满爽朗的阳光。

母亲的工作一直在机关里呆着，任凭社会上风起云涌，她守候着自己的宁静。偶尔去鲁原的俱乐部，让美丽继续下去。更多时候，她会笑微微握一杯冰水，坐在休闲椅上望着游泳池，鲁原托着紫筠的腰或胳膊教她划水。

一个又一个夏天过去，紫筠一直不能在水面上浮起来，鲁原的手只要一离开，恐慌就包围了紫筠，她张皇失措地沉下水里，然后鲁原飞快打捞起她，细细的身体被鲁原托在暖暖的手臂上，紫筠看见他眼里飞快闪过一丝惊慌和疼惜的痕迹。

池边的母亲，眼睛在别处。

鲁原和母亲不在时，紫筠突然发现，陡然间，自己可以轻盈地浮在水面上，和鲁原在一起，自己是慌乱到手足无措的，或者自己是依恋鲁原的呵护，只要可能，紫筠不想丢弃掉他暖而热的皮肤贴在身上，有晕眩的幸福飞快流遍身体。

紫筠家的斜对面，是小南的书店。那一年，紫筠忽然间出现，背着像要把身体压垮的书包，每天路过那扇落地的窗子，走路总是低着头，望着自己的脚尖，细细的身体慢慢穿过窗子，偶尔，她会抬头望一眼天空，定定地站住，一瞬间，仿佛一切凝固在眼里。小南总认为，那个书包累垮了她的身体，很多时候想冲出去，对紫筠说我帮你背一会吧。一直没有。偶尔的黄昏里，紫筠被一个美丽的女人和健朗的中年男人牵着出去散步，看起来，是祥和而优美的。

闲暇里，紫筠会进去看看书，随着年龄增长，从童话看到小说，在小南面前慢慢绽开成熟的蕾。小南就一次次走过她的身边，或者告诉她最近来了什么新书。紫筠嘤嘤说谢谢，买了提回家，二十多岁的小南正是青春茁壮的时候，嘴巴上有茸茸的胡子。

书店的生意并不好，仅仅维持而已，许多人劝小南换店面，小南说不了，这儿很好。这样说着，小南望着窗外。

在紫筠走过时小南呆呆地看，她的身影越过了窗子，人还在痴痴着，痴到女朋友走了，没再回来，没有谁愿意在爱情里一直被忽略下去。

紫筠是小南的风景，只在闪过窗子的瞬间存在。紫筠却是不知的。

终于，紫筠不背书包了，她长大了，几乎没有变样子的，纤细而软软的，长长的发染成栗色，在阳光下闪烁葡萄酒一样的光芒。每天早晨，她急匆匆去上班，下班时，常常有男孩子送过来，她若即若离地走在前面。小南能够看出，为了保持这样的若即若离，她一直是疾走在前面的，书店的窗子是界限，紫筠在窗的一侧站定，眼睛一动不动，望着男孩子，一直望男孩子转身离开，她才吁起粉色的唇离开。

跟着送过来的男孩子有几个了，紫筠从没让任何一个越过书店的窗子。

小南嘴巴上的茸茸逐渐转变成茫茫的青苍。

她一直是孤独的，被她美丽的母亲牵在手里时，安宁的眼神背后，是散落的孤独。

一直没有学会游泳，母亲说："紫筠的胆子太小了。"紫筠不语，常常捏着自己的指尖，捏来捏去捏得指尖发红，甚至发紫，捏到心里一片生疼。

长大后的紫筠知道，自己对鲁原的迷恋叫做爱情，他是自己的继父。从12岁的第一眼开始。她不想长大，只想一直一直做他的孩子，让他爱着宠着心疼着。

渐渐的，紫筠知道，有一些喜欢，从开始，就注定了是没有结局的疼。

她愿意自己就是那个一生都在他的臂弯里划水的孩子，在落水的一瞬间，看见他眼里藏也藏不住的疼惜。

晚上，母亲拉着鲁原回卧室，紫筠呆在厅里，掐自己的手指，眼泪缓缓地落下来，回房间时，趴在床上，她咬着手腕，钻心的疼是因为可望而不可及，眼泪刷刷地落下来，然后打开台灯，看手腕上的牙印，整齐细密的牙齿，咬出一朵朵向日葵，是绽放在心里的伤痕。

早餐桌上，母亲瞥见她腕上的伤痕，会说："紫筠，又咬自己了？"在他们眼里，紫筠是个内向到自闭的孩子，有一点点自虐的倾向。母亲带她去看过心理医生，却没用。

紫筠垂着头不说话,仿佛所有的秘密已被母亲洞穿,母亲捏着紫筠的腕,说:“原,拿红花油来。”鲁原看看紫筠,飞快拿来红花油,对母亲说:“我来吧,你上班要打卡的。”母亲就恋恋的,把紫筠的腕塞给他。

他暖暖的指,点着红花油,一下一下地搓着一朵朵红红的向日葵。对紫筠,鲁原像宠爱婴儿,一直是这样的。

脸上幸福的绯红让紫筠不敢抬头。

母亲走,门重重地响一下,紫筠飞快抽出手嘤嘤说:“好了。”

时隔十年,母亲的病,还是复发了,她再一次躺进医院。

母亲对紫筠和鲁原努力做出来的笑脸说:“好了,不要安慰我了,这是在劫难逃。”她保留了多年的长发,因化疗,正在一缕缕褪落。

紫筠陪在母亲身边,手被母亲攥在手里,母亲偶然间看过来,泪会刷地落下来,沉沉地砸在紫筠心上。鲁原在医院和俱乐部之间穿梭,病床上的母亲,几乎不再跟他说话,与从前的恩爱判若两人。更多时候,鲁原只能讪讪站在一侧,母亲莫名的冷漠让他无措。

病区长长的走廊,飘着淡淡的来苏水味道,出来进去间,紫筠和鲁原常常在门外相遇,关于母亲的去向,明了在两个人心里,紫筠依在墙壁上,无声无息地流泪,鲁原眼里,是绵长绵长的惆怅。

那天,母亲从化疗室出来,忽然拽住紫筠的手:“紫筠,你该结婚了。”

紫筠一下愣住,望着母亲,她眼里的生命之光正在一点点淡去。

母亲攥住紫筠的手久久不松:“我走了后,应该有个人疼爱你。”

紫筠点头,眼泪飞呀飞的,就飞出来。鲁原说:“你会好起来的,还有我呢。”母亲斜了他一眼,嘴角坠了坠。

其实,紫筠宁愿不嫁的,亦不知道自己将要嫁给谁,除却鲁原,22岁的紫筠没喜欢过任何男人。

紫筠走过书店时,第一次,她看见了窗子里的自己,纤瘦,苍白的忧愁,隐匿在窗中的幽暗景物之间。紫筠望着窗子里的自己流泪,然后,看见了小南的脸,惊悸中,人呆了一下。

小南就站在了面前。

小南成了紫筠的男朋友,想用热烈的爱,缓解紫筠所有的疼。

紫筠说:“小南,我不爱你可不可以?”她盯自己的脚尖,颤巍巍问出来的样子让小南忍不住想去抱。

小南说:“可以,只要我爱你。”

紫筠说:“你可以不可以帮我对母亲撒谎?”

小南说:“可以。”揽一下她的肩,紫筠别扭,挣脱出来,像鱼在水里的游刃。

十年都可以缓慢过去,还有什么不可以。小南想。

在病床边,紫筠的母亲一直扯着小南的手在看,慢慢说:“我知道你一直是爱紫筠的,很久很久以前,从你看她的眼神里我就知道。”

鲁原一直呆在床边,母亲望着他,笑里有一点嘲讽的味道,鲁原的眼神,惊惧着跳跃一下。

几天后,紫筠买了两枚戒指,一只自己套在自己无名指上,一只给小南,说:“你戴上它,就说我们已经登记结婚了。”

去看紫筠的母亲,母亲把两只套着戒指的手缓缓拉在一起,用微弱的声音说:“紫筠,以后就不要回家了。”

鲁原喊母亲的名字，母亲努力睁大眼睛看他，声音细微如兰："和我在一起的十年……太辛苦你了，告诉我，你第一眼爱上的是不是我?"鲁原的眼泪滑过苍茫的脸，仿佛所有惶恐被猛然击中，十年了，他的头发，隐约里有了几丝白意。

鲁原的嘴巴一张一合，没来得及回答，母亲缓缓合上疲惫的眼睛，睡了一样安详，脸上有骄傲的矜持，即使在最后的一刻，顽强而不肯褪去。

紫筠的泪恍然间溃落不止，其实，母亲一直是洞察一切的，她一直那么崇尚完美而不肯丢掉维系了一生的骄傲。她一直倔强地矜持着一个秘密:很多年前，鲁原第一眼爱上的并不是自己，而是12 岁的紫筠，他看着紫筠慢慢长大而满怀绝望。在生命最后的一刻，母亲依旧不肯承认失败，所以她及时地闭上眼睛，鲁原的回答，是她一生中最不愿听的。

三个人，都怀揣了所谓的秘密，对于每个人而言，却是心照不宣而已，那么长那么长的十年。

埋葬了母亲，在回来的路上，紫筠摘下那枚戒指，对小南说谢谢。小南一直捏住她的手指，一直到捏不住了时松开，然后有金属落地的声音，叮当当一片清脆。

回家，鲁原回自己的房间，这个男人用爱情的谎言骗了母亲十年，这个谎言母亲也矜持地维系了十年，谎言本身，是他们爱着的紫筠，一种是亲情一种是爱情。一直缄默到死亡，最终保持了母亲崇尚完美的自尊。

紫筠离开家时，鲁原站在门口，一直望着，到望也望不见的地方。有一种爱，他们必须缄默到死亡。

路过小南的书店时，紫筠望着偌大的落地窗子，想起那个黄昏，她站在这里，看见里面的小南，一动不动的眼神穿透了自己。

窗子的正中间，挂着一枚小小的戒指，像被人丢失的东西，一直挂在那里，等待认领。

紫筠只想离开，前尘后世，想统统抛弃。十年了，生活在被痛疼纠缠的梦里，与梦有关的任何痕迹，她只想丢弃。

关于未来，不知道在哪里，那枚戒指，在紫筠想来，注定认领的人不会是自己。

热烈地相爱却不能够拥有和爱与不爱，是两种截然的事。

上海之恋

许多人说，上海是座适合艳遇或是外遇的城市，它太大了，大得让人绝望，阴郁得让人揪心，这样的人文环境，很是符合那些没有结局满心是泪的悲情故事。

我曾为了在上海的街上遇到某个男人，而选择了上海，那时，我还不懂这座城市。

等我懂了这座城市，想离去，已晚了，到另一个陌生城市从零开始打拼的勇敢，正渐渐不再被我具备。

我觉得自己丢失了未来，一个没有爱情暖着的女子，无论拥有怎样的事业，都会觉得前景黯淡，渐渐，我失去了约人聚会的勇气，觉得一张口就暴露了自己的贫瘠，在感情上的。这般挫败感，对于女人，是比丑陋比寒酸还要令自己无地自容的东西。

上海的夜，繁华得令人觉得睡眠是件可耻的事，尤其冷被单衾的眠，更是可耻，大多夜晚，我会在黄浦江边的白色塑料桌前坐下，要一客香草冰淇淋，慢慢地吃，看着灯火辉煌的游船缓缓地在浑浊的江水中漂浮而去。

没有爱情，常常让我有无聊得欲要哭泣的感觉。小开常在我把冰淇淋吃到三分之二时来找我。他总是叼着一抹坏坏的笑，坐到我对面，递一根香烟给我，尔后，将脑袋凑过来，用唇上燃到一半的香烟给我对火。点上烟后，我会默默地抽，和小开对视或是看江心的船，话很少，最多说：又提前打烊了？

问到这里时，小开不答，他拉起我的手，沿着潮湿的江边慢慢往前走。他又破又旧的房子离江边很近，阳台上种了几株茉莉，我总担心那几个花盆会将原本就摇摇欲坠的阳台给压塌。和小开说，小开就拉着我笑，笑着笑着唇就压上来。他喜欢在我面前做出很冷很酷的样子，我想，可能他想在我面前扮演一个成熟男子的形象吧，我比他大四岁，这让我耿耿于怀。

我曾和他说过多次，我爱的男人，至少要大我三岁。

这样说，是种暗示，小开很聪明的，很多时候，他聪明得让人心疼。

去过我家一次后，他便再也不肯去了，借口太远。其实，只要步行 20 分钟，穿过三个街心拐过四个街角而已。可他宁肯拉着我在黄浦江边跑两个小时也不爱走那一段路，这一切，源于他脆而薄的自尊。我的家，明亮而宽敞，它大得让小开不自在，我至今记得他站在客厅中央环顾四周然后冲我笑的样子，一丝丝藏不住的自卑与倔强，在他的瞳孔里打斗。

我们总是躺在柔软的垫子上，穿过古老的窗户看着窗外一点都不蓝的天，也看不见白云，我们都不知道在看什么，就像很多时候我不知道和小开在一起是为了什么一样，只是知道，和他在一起很开心，他像个顽皮的孩子，率领着一片清朗的阳光站在我的面前，让我满心欢喜。

小开开一家很小的保健公司，他是我的私人营养师，有着高高的身材，俊朗的面容干净的表情，一想到一个大男孩一本正经地指点我早晨该吃什么晚上该吃什么我就会扑哧一声笑出来。

他就惊异地看着我：滴滴，你笑什么？

自从我们好上后，他就不肯叫我葛小姐了，口口声声叫我滴滴，好像我是他家的一随便什么小女子，我会捏捏他的鼻子笑：对了,我都忘记我们究竟是怎么好上的,从什么时候开始的?

他凝视着我,眼神渐渐感伤起来,他叹气说:去年夏天,因为血压低,你来听营养课时晕倒了,是我,送你回家把你背上5楼的。

关于这个话题,我们已重复了不下千遍。

每一次,小开都显得很忧伤,每一次,我总是说:小开,你要知道,我们之间……

小开便粗暴地打断了我:我知道,我不要产生错觉,我们之间是不可能的,因为你比我大四岁,还因为我不过是一家……

我用手捂上他的嘴:不是,我知道你会有很好的未来。

小开是自卑的,他的保健公司,从经理到员工,总共就他一人。他一直认为我们之间,除了年龄上的差距,还有事业上的悬殊,在一家外资企业,我已是某些人不甚喜欢的女上司角色。关于小开认为的后面这一条,我一直假做清高地不肯承认。

小开歪着头,看着我,默默地将我的手指一根根吞进嘴里,轻轻地吻着,我的心,微微地有些碎,却很快,又被理智镇压了。

我一遍遍在心里告诉自己:我只不过是有些害怕孤单的寂寞,所以,暂时借了他的怀抱。

我是个自私的女人,虽然不爱,我却无比地喜欢和小开牵着手逛街,他那么帅,又全身都是晴朗的阳光气,很能满足女人的虚荣心。我喜欢和他牵着手一荡一荡地走在街上,不时央求他赏我一客令我发胖的冰淇淋,他严肃拒绝的样子很好玩,就像一个假做严肃却绷不住笑脸的家长。那些时刻,我会恍惚着想爱上他,有什么不可以?不就是比他大四岁么?

当我意识到和小开往来过于密切,密切到不仅他,连我都要产生错觉了时,我刻意疏远了他。当他打来电话,我总会抢在他开口之前说:小开呀,今天怎么有时间给我电话?对了,我给你介绍几位新客户可好?

小开愣了片刻,顿了顿说:随便你。欲收线又逗留不舍地问:今天下班做什么?

我想也不想说:今天的课就免了吧,晚上我有约会。

小开砰地放下电话。

年轻气盛的男子,往往都不会具有很好的修养。在我面前,小开要像镇压魔鬼一样镇压时不时从心底里暴起的脾气。

这些,我都知道,因为我了解他却不爱他。

拒绝了小开约会的夜晚,我会本分地蜷缩在家里,看碟,为别人的爱情流眼泪或是欢笑,我知道小开会假做没事一样去黄浦江边的休闲区溜达一圈,然后百无聊赖地回去,伸着长长的腿坐在他的摇摇欲坠的破阳台上冥想一些没边际的事情,总之,他是没勇气来找我的,一来,我看似有些贵气的家,会将他逼得失去继续等待得到我的爱的勇气。

他是那样的脆弱,我又是这样的自私。渐渐地,我有些害怕,会害了他伤了自己。

我开始渐渐疏远他,从我的女友以及同僚中为他选拔了不少客户,甚至,隐隐希望,他会移情别恋上她们中的一个。可这样一想,我的心就开始一阵阵窒息般的发慌,然后,我捂着胸口慢慢蹲在地上,埋着头,不敢往深里想了,我在心里,轻轻地叫了一声小开。

他已经成了我的沼泽,他比我小四岁,没有一份能满足我在众人面前虚荣心的工作,他——只能是我的沼泽,我怎样才能逃出去呢?

除非,我有了新的爱情,让另一个男人替代小开,就像对于一个戒不掉香烟的人需要一根香烟替代另一种不再出售的香烟一样。可,举目观望身边的男人,优秀的,早已被艺高胆大的女子们抢在手里打上专属标签了，剩余的，不仅不会令我忘掉小开，反而会激发我对小开无限的怀念，而我，又不肯饮鸩止渴的做自找受伤的第三者。

我没有足够的自尊央身边人介绍男友与我，只好偷偷进了婚姻介绍所。

相亲的日子，我手忙脚乱，小开每每打进电话，我便理直气壮道：对不起，今晚我有约会。

这样的话，大约重复了十几次了吧，小开忍无可忍地愤怒了。可，我的爱情，依旧在遴选阶段，真累啊，累得我真想把手一甩说：算了，就小开了。

可一想到小开的年龄，青春得我都不敢放心大胆地老去，我的心，就悄悄地打了退堂鼓。

下班时，我吃惊地发现，愤怒的小开站在写字楼下，双手倒插在牛仔裤后兜里，踢着一片法国梧桐的叶子，见我出来，马上换上一脸春风说：滴滴……

我尴尬地笑了一下，埋着头，边匆匆往停车场走边说：我不想在这里看到你。

小开一把抓住正要逃进车去的我：是不是怕被你的同事们说你和一个没啥前程的营养师纠缠在一起而没面子呀？

他这样说时，脸上带着有些恶毒的微笑。我愣愣地看着他，想甩开他的手，他的指，似乎是镶嵌进我的胳膊里去了，死死地，不曾有丝毫的松懈。我压低了嗓门，用厌恶的声音说：如果你愿意这样认为，那就是了，你放开我！

小开的指缓缓地松开了，他慢慢直起腰，在转身的刹那，我看见了他的眼角里，闪烁着碎玻璃一样的晶莹，在夕阳下，宛如碎玉，剔透而干净。

我咬了咬嘴唇，狠下心，将他扔在铺满夕照的停车场，绝尘而去。

这天晚上，有个男人约我吃饭，本着婚姻的目的，吃这餐饭，我在酒店门口把车钥匙交给服务生，站在街边，忽觉脸上一片沁心的凉，摸了一下，才知，全是泪。

小开再也没给我打过电话，我有点想他，想他想得常常坐在黄浦江边泪水涟涟，想起他总是藏起脆弱捧起我的脸说：滴滴，你是爱我的，但是，你不肯承认。

是的，我总是不肯承认。人就是这样的，总要为了某些而丢掉另一些。就如，当坐在我对面的男人收收肩，困惑地问我为什么总喜欢坐在这里时，我说因为喜欢闻江水的味道。

其实是这里的每一张桌子上都有回忆，这里的咖啡徒有其名，只是叫咖啡而已，一点都不香，可是，这里的爱情，有点卑下而矜持，却很生动。

我和那个男人隔着桌子说着婚期，我的心里，没有哪怕一丁点的幸福涟漪，我们用平静的语气说哪家酒店的婚宴品质很给人支撑面子，哪家的司仪主持得既生动又不会让新人难堪，我们都像在说着别人的事，说着说着，我们终于，再也找不到其他话可说，冲彼此笑笑，有点尴尬。他的眼里有疲惫，我的眼里，全是累。我们彼此都清楚，如果爱情是一场雨，那么，很不幸，我们的身心，都还是干的，未被淋过。我们即将到来的婚姻，就如两家公司的合营，彼此摸清家底，算得上身价相当，相貌匹配，便一拍即合而已。

至于爱情，那是别人的事。但是，我们都不说。何况这世上，有多少婚姻都在打着爱情的名义进行合资呢。

他说起来走走吧，坐久了，脚会麻的。

我点了点头，他已站起来，微笑着，冲我伸出手掌，我犹疑了一下，将手埋进他的掌心，很暖的掌心，却是别扭，又不好抽出，只好，一边往前走一边想怎样才能将手看似合理地抽出来。

一路上，他说了些什么，我不记得了，满心是，怎样从他掌心里逃出呢？

末了，突然低低叫了一声说：哎呀……

他说怎了？

我朗声道：有蚊子咬我脚踝了，我对蚊子很敏感。说着，就弯腰去拍套着丝袜的脚踝。

他站在一边认真地看，喃喃道：想不到，深秋的江边居然还有蚊子。

后来，我要回家去擦花露水，否则我的脚踝会又肿又痒好多天的，他说送我。

我开着车在前面，他开着车在后面相送，我觉得这情形很可笑，可我笑不出来，只是觉得这段日子怎么那么无聊呢？

很久不去听小开的营养课了，他也不打电话来，只是将根据我身体状况和季节变换而专为我制作的营养食谱以及营养建议发e-mail给我，除了这些，一字不肯多说。

看着这邮件，我竟渐渐有些恨意，我习惯了他的热情逢迎，接受不了他的冷淡，甚至，我曾在无眠的夜里想：只要他肯求我，我就马上和那人分手。

他不肯求我，而我，又是那样一个悔到心已泪流满面亦不肯让对方看见我眼泪的虚伪矜持女子。

夜里，我把小开的名字咬在牙齿里，说：恨你！

小开听不见，只是，我的脸色越来越难看了，因为我拒绝看小开发来的邮件，拒绝按照他的食谱调配营养，甚至自虐地不吃东西，因为我看了邮件就会心疼，他不肯求我接纳他，他不肯说他已宽恕了我的错,假如,他曾在街上遇到瘦成一页薄纸的我,他会不会心疼地跑过来,抱起我说:滴滴你怎么了?你怎么瘦成这样了我的滴滴?

那时,我一定会泪下号啕地说因为我想念一个叫小开的男子。

我只是一味地消瘦下去,关于想象中的一幕,并没来过。

直到想要和我结婚的男子说,他要向我求婚了,地点我来选。

那时,我只想把手机砸到他头上,就是再没有爱情基础也不能这样不浪漫不是?难怪他要靠征婚娶妻,竟是这样不懂女子天生热爱浪漫谎言的真理。

可我还是忍住了,我29岁了,得找个条件相当的男人把自己嫁出去不是?既然我已无爱情可选,我总不能精神物质两不靠吧?至少给我买辆宝马对于他来说不是件太难的事,天下哪有那么多爱与物质兼备的美事?

我说江边吧。

他有些不悦:怎么还是江边?

不愿去就算了。我懒懒道,既然把爱输了,我不能在气焰和自尊上也输了不是?

还好,他终于肯迁就了我,将我不肯平衡的内心,微微填平了一些。

我开着车子慢慢往江边蹭,福建中路一带塞车,我竟没有丝毫的烦躁,反而有些欣喜。打开车载音响听歌,当我听到那个男人唱着说:爱情就像落叶,看似飞舞却在坠落……眼泪一下子就袭击了眼睛,汹涌澎湃地在脸上泛滥不止。

当我将车子泊好,远远望着他怀抱玫瑰站在江边的样子,唯一的念头就是:逃,我要逃。

他却已在迎着我走来,暖意无边地笑着,拉我走到一张桌边坐下,他酝酿求婚情绪的那一刻,我度秒如年。终于,他从西装口袋掏出了那枚带着体温的戒指,并拿起我左手的无名指温情地说:滴滴……

我想我的眼里,一定是充满了绝望,因我想拒绝却找不到理由。这时,一个健壮的身影突然飞一样掠过我们面前,等回过神,我们彼此看着,他的眼里是惊魂未定或是一些叫做惊诧的东西,而我的眼里,一定是像雨后的池塘,盛满了惊喜。

他的求婚戒指被抢劫了！那个抢走戒指的影子,早已消失在熙熙攘攘的人流里。

他耸了耸肩,有些遗憾地说:真不好意思。

我如释重负,强忍着内心的欣喜做惆怅状:看来,我们是没缘分的……

他意味深长地看着我,忽然地,仰着头笑了一下:或许是吧。

这世界,有谁是傻的呢？他一定看见了盛满我眼睛的如释重负,他一定再也不会陪我来江边无语枯坐了,他一定再也不会电话我了。

然后,我找了一张桌子坐下,要了一客香草冰淇淋,我想,用不了多久,就会有个高而俊朗的男子坐在我的身边说:小姐,在想什么呢?

因为刚才那个掠戒指而去的男子的背影是那样的熟悉,熟悉到闭着眼睛我都能嗅出他的气息,他总是喜欢装酷,喜欢说:滴滴,这辈子你逃不出我的掌心去。

天意弄人

这单业务，让我犹疑了良久。

我经营一家小型公司，主要业务是猎人。就如现在，A公司颇是欣赏在B公司就职的冯凌霄，而A公司又不好直接出面，便委托我出面挖宝。

或许，对于别人，这只是个普通的名字，对我，他是大名鼎鼎的冯凌霄！因为，我曾爱他，那么深，而他，回报我伤害，势如破竹。

十年了，我无法忘记他的名字，他曾在众目睽睽之下，指了我的鼻子，声厉言苛地称我泼妇。我不过18岁，芝兰明知我对他的爱，宛如一树盛开的梨花，依然要不管不顾地追他，在学校食堂，我请她不要碰我的爱情，她不言不语地骄傲冷笑，终于将我刺伤。我用勺子扔了她，打碎了她的眼镜。冯凌霄出现时，她开始捂着脸哭，我像一匹气咻咻的兽，立在人群中。冯凌霄看看她又看看我，然后，说了那个令我终生难忘的词，再然后，我失去了人生的第一场爱情。

大学四年，我像孟姜女一样，等了又等的等到了他和芝兰的爱情不得善终。除了短暂的幸灾乐祸，又有什么用？他不爱我了。

他那么帅，每个认识他的女孩，都曾为之做梦。这样的男子，适合用来恋爱，满足青涩的虚荣，用来陪伴终生，需要承受多少惊吓、储备多少勇敢才成？为此，毕业前夕，我向芝兰真诚道谢，不说缘由,她冷眼看着我:言不由衷。

彼时,我窃笑她放弃自尊,盲目痴情。

而十年后,面对冯凌霄的名字,我真切体味了她的鄙薄,果然是,言不由衷。我是这样的兴奋踟蹰,在夜里,拼命想象再见伊始,他会使用什么表情?白天,我逛商场转专卖店,回忆他喜欢的颜色,想象哪款衣服会衬托出我全部的美丽。

每一场非自然死亡的爱情,都不会被忘记。

被辜负者将铭记辜负者的名字并无时无刻不在蓄积力量还击。

每次挖宝之前,我都会做翔实调查,制作计划,尽量貌似自然地接近被挖宝者。所以,我没径直给冯凌霄电话,在我面前,他已高高再上,触到他的名字,我心汹涌依然,却不肯给他再一次骄傲的机会了。

我选择在网球场和他相遇。

天高云淡的秋日,我拎着拍子,路过他的身边,用讶异的目光看他。他忘记了抡拍子,用同样的表情看我,尔后,缓缓地,就笑了,向我伸出手。除了还那么帅,他身上又多了些东西,气质的沉稳和目光的犀利。

我们坐到休息区,他问了很多话,我抱着一杯水,思维频繁出现抛锚,我的心,像一片在高温下炙烤的瓷片,出现无数裂纹,无限延伸。

仿佛,他已忘记从前,望着我,目光深邃,温暖无限:有很多次,我会想起你。

我低着头,听见瓷片碎裂的脆响,在心里蜿蜒不断。我仰脸看天上的云,悠闲轻盈。他轻轻唤我的名字,我为自己依然这样容易为他动容而感到无比羞耻。

将目光转向他，就看见了伤感，在他眼里，无限弥漫。

我们一起吃了午饭，阳光穿过窗子，洒在脸上，我们说了些现在，旧事，没人提起，好像它们已成了需要忘记的耻辱痕迹。

喝很少的酒，不抽烟，一个人。他交代现在的生活，然后，用暖暖的目光笼罩了我：那么，你呢？

我笑：像嗅觉灵敏的猎人，为一些公司挖掘他需要的宝藏。

他呵呵笑了一会，突然问：一个人？

有十几位员工。知道他想知道的并非如此，但，我喜欢答非所问，我不再是十年前的小女孩，轻易表白感情状态，是一种姿态上的失败。

他哦，目光像黎明来临的月亮，沉下去。

我波澜不惊，得意像株小芽，悄悄萌动在心。突然明白了为什么那么多女子热衷于寻觅被丢失的旧爱，或许，并非是旧爱难舍，而是，不再的东西总会让人惆怅，而他的惆怅，又是多么具有抚慰难平旧伤的力量。

离开餐馆时，他从后面追过来，跟我要电话，将我名片小心夹进钱包，又盯住我的眼睛，似有话说。

我笑得矜持，默默转移目光。

给你我的电话，可以吗？有史以来，他第一次对我使用了小心翼翼。说好吧时，我几欲泪下。

他把过我的手，写在掌心里，轻柔的笔触，划在我心上，微疼轻酸。

他执着我手，久久不肯松开，慢慢道：我可不可以随时电你？

任何时候。说完，我便意识到，中了圈套，他终于要到了想要的答案。他还是那样机警，凡他想要，皆是无处可逃。

冯凌霄时常电我，大都在晚上。由此可见，他的感情生活一派荒凉,至少不像他的事业那般春风得意。

虽然,心已无药可医地陷了进去,但,我不能轻易给他看出端倪,男人也爱犯贱,得到的有多轻易就会有多轻视。

那段时间,我是个特敬业的猎头公司经理人,几乎每晚都约客户饭局,目的不在业绩,只是不想让他嗅到我夜晚的荒凉。他电话来,我故意支支吾吾掩低声音,他的声音,就暖暖地急切起来。

冯凌霄终于不耐,一直以来,他习惯了在情场上的春风得意马蹄疾,他骄傲的自尊受不了一再委婉搪塞的蹂躏。

索性打电话问为何久未在球场上遇我,我沉吟一下,说忙。

我已后悔接了这单业务。它让我们的再一次走近,变得面目模糊。每每接完电话,我就变成了一个忧郁少女,在客户面前频频词不达意。A 公司也不断询问,我是否成功地策动了冯凌霄的去意?

我说快了快了。和冯凌霄,却什么都没提,我要怎样开口,才能使他不会对我的接近滋生排斥与怒意?

假如,冯凌霄一旦知道我与他的再次接近,是缘于一份能带给我利润的商业合约的精密筹划,骄傲成习的他,将会怎样勃然大怒? 我不敢想。

到底,十年的光阴让冯凌霄成熟了许多,至少,他懂了不在女子面前过多地使用骄傲是种绅士风度。

下班后,我常常能看见他专心等在楼下,虽未怀抱玫瑰,暖暖的目光,足以令人心醉。远远迎过来,微笑着道:不许说约了客户。

我站在夕照里笑,他的胳膊微微张开,揽在我肩上,去吃饭去看电影去海边发呆,都是幸福的,有时,我从侧面看着他的脸,一直一直地,看到他目光发毛,说:早晨我洗过脸的。

我故作隐忍模样,笑着问:假如,有家公司托我挖你,你会怎样?

他瞪大眼,看着我,朗声大笑:我顺利就擒,保准你指哪我打哪。

当然,我知道这只是玩笑,玩笑不必承担责任,也就有了不能承受之轻。就像譬如地老天荒依然要爱,之所以能这样轻易而普遍地被用来承诺爱情,是因为地不会老,天也不会荒,至于真的地老天荒了,谁知道会怎样呢?

冯凌霄揽着我,低声说:十年了,我一直在想念你。

我望着波光粼粼的海面,咬了一下微微发颤的唇,内心涌起波澜壮阔的疼,他从我风平浪静的脸上读到了疼:或许,我这样说你会觉得我挺没品质,但,我从没想过要去和芝兰好,可是,你怎么能那么凶?

望着海面,我已泪下滔滔:你为什么不和我解释?

那时年轻气盛,不懂珍惜。

那双阔别了十年的唇,迟缓而深情地覆盖了下来,我闭上眼睛,缓缓地泪流满面。现在的他,在明了真相后,是否已有足够的明智与仁厚,宽宥回归的背后,带着损伤爱情尊严的绸缪?

我了解冯凌霄的爱情观是多么清洁,否则,他就不必在十年之后依然寂寞。斟酌再三,哪怕有损公司信誉形象,我也要与A公司解约。虽然利润可以让生活变得更好,可是,没有好的爱情,再繁华的生活也经不起荒凉的一次次推敲。

先是给A公司人事经理打电话,她是个追求效率为人刻板的中年女子,她拒绝听我陈述理由,声言我耽误了他们的计划,他们甚至会用法律手段追究我的单方面毁约责任。

我一再好言,并诚恳约请她吃饭,解释个中缘由,她迟迟疑疑地应了,我叮嘱助理,草拟一份与A公司的解约协议。

中午，我请她去吃著名的法国鹅肝配波尔多白葡萄甜酒，她警觉地看着我：艾小姐，我在起诉书上应再追加上你试图对我进行贿赂。这餐饭，我不能吃，但，既然来了，我可以听你的解释。说着，她招手叫了一份牛腩饭。

我佩服这个泾渭分明的女人，但不能说，否则，她会以为我在试图讨好软化她。

她吃完了那份牛腩饭，我也解释清楚了缘由，真实的，没有半句谎言和推卸责任的辩解，尔后，我隆重告诉她：所以，我宁肯被贵公司起诉也不想失去这份爱情。

她直直地看着我，抽出一张餐纸，擦了擦嘴，突然，璀璨地笑了，拍拍我的手，说：拿来。

什么？

解约协议。

我大喜过望，不敢相信这是真的：您确定？

没有什么能打赢美好的爱情，我支持你。她微笑着，在解约协议上签了字，尔后，与我握手，诚挚祝我幸福。

我揣着满心的欢喜回公司，助理正坐在电脑前发呆，我问怎么了。

她像个因贪玩而闯了祸不知怎样收场的孩子，小心翼翼说：艾小姐，刚才冯凌霄来公司了。

我还沉浸在解约成功的喜悦中不能自拔，兴冲冲问：是么？在哪里？

他走了。助理赔着小心，眼神低低地看着我：我以为他想通了，要离开B公司去A公司，就玩笑说他真能折腾我们，我们都要放弃了，要和A公司解约了，他才想通。他有点莫名其妙，问我是怎么回事，我大体说了一下，他就黑着脸走了，艾小姐，是不是我说错了什么？

我只觉大脑一片空白，愣愣地看着她，喃喃说没什么。满脑子里都在飞舞“天意弄人”这个词。

猜想过真相的种种透水姿态，唯独，没想到这种。

黄昏时，我在他公司楼下泊了车，待他出来，将解约协议展给他看，是否释然，就看他的爱是否深沉。那些流离失散的爱，终是爱意不深，我们又那么不愿承领失败，只好说，天意弄人。

不是每朵玫瑰都为爱情盛开

樱芝第一次打来电话，兴奋冲撞着康阳的脸。扔下话筒，康阳说："宴妮，你知道谁吗？"

通话 15 分钟，康阳至少喊了 10 次樱芝樱芝。

樱芝是从新西兰打过来的。在此之前，我不知道樱芝。现在，从康阳的口气以及神采，我知道樱芝是个女孩，和康阳有着很多渊源。

那时，我和康阳正奋力经营着济南文化路上的一间书店，以一平方厘米加一平方厘米的速度，赚一套盛装未来的房子。

后来，樱芝的电话密度是每晚一个，康阳放下电话后总在我脸上摸一下："那个小黄毛丫头。"

黯然的不安藏匿在我心底，不给康阳看见。

樱芝是康阳的童年伙伴，距离是一墙之隔，翻过半人高的阳台，两家人就可以不分彼此。那时，康阳和樱芝趴在阳台上种太阳花，现在，据说太阳花已长满康阳和樱芝家的阳台，纷纷扰扰连在一起。

樱芝 14 岁去新西兰读高中，走时带着的一颗太阳花籽，如今已在她的新西兰校舍阳台上一片灿烂。

康阳以及樱芝的往事，在他们断断续续的聊天里，是破碎细小的片段，被我用思维一点点重新串联，如风干的花朵，轻轻摇荡在心里，飘飘如荡碎涟漪。康阳说："那些陈年旧事她怎么能够记得。"我知道，康阳也记得，且保留着往日的鲜活。

我不说什么，记得康阳说之所以留在济南，是因为这里有一个叫宴妮的女子，不然，这样一座破败的城市，如没落地主，连没落贵族都算不上，他怎么会留下？

我像游离在缝隙的鱼，拼命引诱康阳讲述和樱芝的童年，关于樱芝，如逐渐浮出水面的花朵，一点点清晰：细软微黄的头发，贴在额上，耳边常常插一朵若隐若现的粉色太阳花，脸上的茸茸感，阳光下，一片细微的金色闪烁。

康阳闭嘴时，我已经掉进想象：樱芝，在新西兰的樱芝，像童话里的美人鱼。

而我，而我，像什么？我没命地寻找自己的可人之处，除了芦柴棒，我找不到更形象的比喻。

我在梦里流泪，康阳揽过我，我钻进他的怀里，哭泣无声无息，怀着落岸之鱼的惊恐。

我偷偷拨下电话线，康阳总是一边吃饭一边盯着话机。电话的静默里，他吃得寡然无味，丢下汤碗就摆弄电话，我的阴谋泄露。他不语，插上电话线，望着我笑，暖暖地说："小女人。"

然后，我一口气弄坏了四部电话机。康阳买了十部话机，存在柜子里，我不再努力。只说："康阳，我爱你。"

康阳拥抱我："小女人，樱芝不过往事里的影子而已，你何必介意。"

他试图用一串爱你爱你爱你打消我的质疑，他不知道，我是多么聪慧的女子，明白过分的强调其实是忘记的前提，人，只有在即将丢掉或恐惧着丢掉时，才会想起诺言并努力承诺，外强中干地鞭策自己坚持而已。

爱情走到这时，心已游离。

我是个坚持必须看到结局的女子，即使我早已知道是最坏，即使我知道会被一下击昏。

惶惑让我瘦啊瘦的，在一阵子，所有的朋友问我："不要命了？这么瘦了还要减肥。"只有康阳知道，我消瘦不停，是因为不快乐。

为了让我快乐，打烊后，他拖着我穿梭在干燥的济南夏夜，指着一些我平素里的喜欢说："结婚时就买这个、那个。"其实，我们的内心一样惶惑，只是谁都不肯说。

我们总是什么都没买成，康阳买一朵玫瑰给我，我插在床头上。夜晚，我们头上有幽暗的花香在飘荡，一朵比一朵暗淡下去。

床头的玫瑰，插到了33朵。樱芝就来了，她望着开门的康阳，眨着明晃晃的眼睛："不抱抱吗？"对我视若不见。

康阳望我。我笑，泪在心里藏着。

樱芝一下拥抱住他："这是新西兰礼仪。"我想说这是中国，却说不出，我看樱芝的眼睛，淡淡的琥珀色，依旧黄黄的头发，散乱着温柔的柔软。

樱芝松开康阳，转身出去，拖进巨大的箱子，打开，一个玻璃尊，种满了纷纷扰扰的太阳花，她摆在窗台上说："青岛老家的太阳花还这么灿烂。"

然后，她拖出一个盒子，里面是还在爬行的螃蟹。她进厨房，放进锅里："想你在济南肯定没有新鲜的螃蟹吃。"

微蓝的火苗，炙烤三个人的尴尬缄默。

樱芝把它们放在盘子里说："吃吃。"招呼我们，如同主人。

康阳第一句话是："樱芝，你还是老样子。"樱芝嫣然一笑："你也是吗。"

她只吃螃蟹腿，把丰腴的身子放在康阳面前，说："你们男人总会嫌吃腿太麻烦。"

康阳眼里，一片波光潋滟。

樱芝边吃蟹腿边讲她在新西兰的故事，用了八年，她没有拿到学士证书，热衷于学习新西兰饮食，学做各种各样的新西兰小点心。说到这里，她陡然间抬头："康阳，我用八年时间学做点心给你吃。"

这是我早已预习过一万遍的一幕，只是没想到来得这样直接。我宁静地盯住桌上的螃蟹，全是丰腴的身体，留给康阳。我的身体蔓延上冰凉的温度，在炎炎盛夏。康阳说："樱芝，怎么不打招呼就来了？"

樱芝忽然看着我："你还没介绍呢，这位是谁？"

康阳迟钝一下："我的女朋友，宴妮。"

我笑笑："康阳说错了，是朋友，不是女朋友。"

樱芝就笑，太阳花一样的静谧暖色，洋溢在白皙的脸上："我说呢，有女朋友怎么不见你在电话里提过。"

我说晚安。起身。康阳拉着我的手，第一次，他拉我时轻飘无力。

站在街上，康阳突然扳过我："宴妮，我真的爱你。"我说："相信，都八年没见了，你们好好聊聊。"

一双手，一个身体，在街上僵持。出租车来了，我挥手，康阳喊："宴妮。"

我上车，司机问去哪儿，我说开。车子就走了，回头望，康阳被黑暗缓缓吞噬。

车子开出一段，我说回去，车子回旋了一个不大的圈，回到与康阳分手的地方，是一片空荡的夜，康阳已不见了。三年的爱情，我以为他会送我陪我一辈子，而现在，他只送我从楼上到路边，不足一百米的路程。一个路口丢失彼此。

望着空荡荡的路口，我的泪丢落在夜晚空寂的风里。

回我的小房子，一栋上世纪七十年代老楼上有十个平方米，是姥姥留给我的栖身之地。我和康阳在这里开始恋爱，开始同居，随着康阳毕业，他说这里太拥挤，爱情没有飞舞的空间会窒息。

我们租了离书店最近的一套二居室，有了宽阔的空间，爱情却最终不是给我。

很久没有回来了，连钥匙都已生涩。进去就把自己埋进和心一样寂寞的灰尘里。

一周里，我陷在古老的沙发里，等康阳来说："宴妮，回去吧，樱芝已经走了。"我是一个那么不肯轻易死掉心的女子，所以，我没有收拾满屋子的灰尘。

第二周，我收拾了屋子，康阳不会来了。

我边流泪边想康阳和樱芝，有没有摘下床头那 33 朵逐渐干枯的玫瑰？那是我的爱情，在樱芝面前，应以最快的速度枯萎。

夜晚的寂寥里，还是忍不住的，电话就打过去，是樱芝，我请她把床头的玫瑰收起来，留给我。她告诉我早就摘下来扔掉了。我说哦。扣了。窒息了心的疼。

第三周，我百无聊赖，看受潮而嘶嘶作响的电视，莫名地报了广告里正播着的厨艺学习班。往事伤感被锁在屋子里，连手机都关掉。

最后一门课程是西方面点，其中有新西兰小点心工艺。我一边切碎水果一边流泪，那么简单的工艺，樱芝用八年去学，所有的尽善尽美，是她的爱。

两个月后，我已是厨艺精湛的小女子，适合用来居家，学会的东西我想用来给一个男人做饭，比计划未来要实际得多，未来是看不见的，只有现在，被抓在手里。

回家，打开门，地上有从门缝塞进的纸条，散在暗红的地板上，我一阵狂喜,想樱芝已经走了,康阳来过。哪怕他有过错,我亦愿意承担,因为爱他。

抓起来看,笔迹陌生,是康阳的朋友张卓,忽然地就不敢看内容,按时间顺序排好,在地板上摆了很久,才张开眼。

张卓说:我来过一次,你不在。我又来过一次,你还不在……相同内容的五张纸。最后一张说:你的东西,康阳放在我家了,有时间给我电话,我送来。

它们被我攥成黏黏的碎片,被我用来擦泪,坚硬得划疼皮肤。

东西堆积在张卓的沙发上,我坐在一侧凝望它们,张卓给我一杯水。我说:“张卓,康阳幸福吗?”

张卓缄默片刻:“康阳是谁?你幸福了就可以。”

我哭了,偎在坚硬的书桌上,康阳连见我的勇气都没有,放弃得如此彻底。然后,张卓把肩膀借给我偎。

我走,张卓拎着我的东西,沉重如不堪的往事,走过一个垃圾箱时,我说:“张卓,丢进去吧。”

张卓看看我,我说:“丢进去。”张卓就丢进去,然后笑:“丢掉就好。”

是。不该的,能够丢掉就好,能够丢掉了不疼更好。可我做不到丢掉了不疼。

走了很远,我折回去,一头栽进垃圾箱,捡啊翻啊。“我想留一件纪念往事。”我这样对张卓说,埋在垃圾箱里的脸上全是泪。

我拎着一根纱巾走在街上。那年生日,康阳说济南的冬天太冷,会冻坏我纤细的脖子,他就买了纱巾送我。济南的冬天没冻坏我的脖子,而康阳却冻坏了我的心。

一晃三年过去,文化路上,我和康阳的书店变成冰吧,康阳不需要在这座如败落地主庄园般的城市里一平方厘米一平方厘米地赚钱买房子。他回了青岛，那里有海有他的家就有他的房子，不再需要努力。

我常去冰吧，要一杯冰莲子粥，搅来搅去地慢慢想一些故事。三年里，张卓是康阳丢在这个城市的友谊，我是他丢在这个城市的爱情，两个人被放弃，不知什么时候起，我和张卓被放弃在一起，用学来的厨艺为他烧菜，他吃得幸福，我做得平静，很久很久一段日子，对于张卓我没有爱情，向他索要孤寂的安慰而已。

我会不经意间就做了新西兰点心，学了那么多道西点，只有新西兰点心，是我最拿手的。张卓不吃，说讨厌新西兰点心。我知道，他只是不想看见我往日的伤口，开在点心上。

这么细心的爱护，我不可以不珍惜。

我以为三年的时间足以让自己平静，可樱芝的电话来时，心却依旧在陡然之间飞舞，她说："宴妮，当年，康阳只是想成全一个将死之人的愿望，他最爱的是你，谁忍心拒绝一个爱了他十几年而将要死去的女孩的愿望呢？原谅他的善良还有我的自私，我要死了。"

她收线，我已傻，对站在身后的张卓，视若不见。恍然之间，我想：其实，这么多年来，自己一直在等一份解释，成全自己脆弱的自尊。

我去，樱芝已在弥留之际，康阳瘦如干枯麦管，脆弱而单薄。樱芝是淋巴癌，疼痛折磨得她已不像样子。她躺在病床上，望着我笑了一下，就过去了，安详如婴孩，柔软的黄发已经褪尽，浮肿的脸上一片苍凉的留恋。

安葬好樱芝的中午，我和康阳站在街上，他眼里除了疲惫还是疲惫，当年的康阳全然皆无。

康阳眼里泻落不止的疼，是因为樱芝。我说："康阳，什么时候发现樱芝的病情的?”

他望着天空告诉我,半年前,樱芝开始莫名地虚弱,莫名地疼,常常疼得捏碎制作中的新西兰小点心。

我知道了樱芝的谎言,不过是想把最爱的人交付给可以信赖的女子。在她眼里,我便是的。不是施舍,不是怜悯,还是为了爱。我宁愿康阳说在三年前,樱芝出现时就发现了病情。我宁愿相信樱芝的谎言,康阳却揭穿了。

康阳牵着我,不是爱,是疲惫,他需要一个怀抱一个安慰。

晚上,我们坐在阳台上,望着满天的星斗没有话说,望到天空发白,康阳依在我肩上睡着,入睡的脸,脆弱如婴。清晨,我摇醒他:“康阳,一切都过去了。”我第一次看见了康阳的泪,是给樱芝的眷恋。

康阳看着我走下楼梯,眼睛一片茫然。

回济南已是夜里,张卓躺在床上,一片潦倒,说:“宴妮,回来了?”他迟迟疑疑地望着我,想抱又不知从何下手。

我笑笑:“回来给你做饭。”

阮小白,对不起

阮小白看我时,总有股狡猾的孩子试图从年迈祖母手里哄一块糖的味道,我痛恨他洞若观火的眼神,就如正行窃的小贼痛恨旁观的目光。

他扑面而来的目光让我无地自容,这不是没有原因的。

在红房子的某个夜晚,我忽地站起来,擎着葡萄酒,冲一个面沉似水的男人厉声道:陈墨,我们谈了7年了,明年我就30岁了!!

陈墨是我从大三谈到现在的男友,身材瘦长,姿态冷静,即便最可笑的玩笑,也只能让他微微翘一下嘴角。我的爱,早晚会被这个冷静到冷酷的男人捻成一段没有温度的灰烬。我的人生字典里找不到服输两字,哪怕陈墨一再指责我爱那张婚纸胜过爱他这个人。

陈墨扫了我一眼,用右边嘴角笑了一下,态度轻蔑,大约是:想被人看热闹不是?随便你。

周遭忽然安静,细微的刀叉碰击盘子的脆响,腾然间消失得寂寥无声,只有小提琴声在轻轻穿梭,西餐厅里的绅士淑女们正收声敛息地期待着一场闹剧的上演。

我不肯成全他们,缓缓抿了一下嘴唇,扮一甜蜜微笑,用杯子触触陈墨的杯子,柔声道:7年了,我还那么爱你。

陈墨抬起眼皮看着我,目光里装满了不过如此的笑意,我保持微笑,喝光杯中酒,周围又零落响起刀叉碰击优质瓷器的声音。

那晚,我醉了,出了红房子,夜风吻面,醉意无限,恍惚间,委屈随着阵阵晕眩浩浩荡荡地扑面而来,陈墨拉开车门,也不说请我上车便要转到另一面去上车。我一把捉住他的胳膊,他腾地回了头,威严地说:上车回家。

我说:陈墨,今天你要给我句准话,到底是跟不跟我结婚?

陈墨不耐烦地拨拉我死死攥在他胳膊上的手:就你现在的状态,适合说结婚这么严肃的话题吗?

我几乎要声泪俱下:陈墨,娶了我吧,除了你我没爱过别人。

陈墨咬着牙,低声说:丹蓝你疯了。说着,奋力地往外抽胳膊,这时,我听见身后响起了清脆的掌声,然后听见一个清朗的男声说:嗨,答应她嘛。

我猛然回头,见一年轻男子,咬着一根烟依在树上,懒散地拍着手笑,一副幸灾乐祸的看客姿态。我记得这张脸,刚才就坐我们左边临窗的桌子,想必是没看够热闹,竟跟出来了,陈墨趁我分神挣脱了。

我趔趄了一下,高跟鞋一并从脚上脱落。

陈墨如获大赦,钻进车里,绝尘而去。

我愣了一下,捡起地上的鞋,扬起来,陈墨的车子已拐过街角,男子转过来以哄孩子的姿态从我手里拿鞋子,放在脚边说:别扔,你想单脚跳着回家?

是刚才倚在树上的男子,我没好气地穿上鞋,经这一闹,酒已消了,想到刚才的一幕,觉得有些羞惭汗颜,连声道谢也没说转身就走,他在后面调侃道:不说声再见?

天哪,他见证了我践踏着自尊逼婚的整个过程,上帝保佑,别再让我看见他。

然而,次日,我就见到了他——阮小白,人事部主管打过内线电话说:艾小姐,麻烦你过来一下,分到设计部的新人到了。

当我推开门看见坐在沙发上的男子时,几乎当场晕厥,嘴巴张得足以塞下整只鸡蛋,阮小白愣愣地看着我,频繁地眨着眼睛,我们都对眼前的一切充满了惊恐。

人事部主任愣了一下:怎么,你们认识?

我的脑袋一片混乱,支支吾吾地说不出所以然,这时,就见阮小白快速藏好惊诧的眼神说:算不上认识,但见过,昨天这位小姐在商场勇敢地捉住了一行窃的小偷。

人事部主任吃惊地看着我:是么?艾小姐,我一直认为你是那种看见只蟑螂就会晕倒的淑女呢。

我面热如遭火炙,恨不能遁地而去,胡乱说了几句话就告辞了出来,阮小白像条亦步亦趋的影子跟在身后,简直就是追着烧来的火龙。

毕业就进苹果公司,从平面设计员做起,饮着自己的汗水与脑汁,既要做才女又要扮淑女,一步步走到设计部主管的位子,我容易吗?突兀间到来的阮小白,就像一柄潜藏的利刃,对我保持了6年的尊严形成了巨大威胁。

我的心慌成一片,往日的矜持,就像一张没披好的画皮,随时都会掉下来。

如果能够,我想一脚将他从16楼踹下去,如果可能,我真想跟他说:提个条件吧,只要你离开苹果公司。

我将身体颓然摔进椅子,望着电脑发了一会呆,接了几个电话,一歪头,就见阮小白正一副毕恭毕敬的姿态站在我身边,我勃然道:你不回自己座位待着,站这里干吗?

阮小白很无辜地耸耸肩,摊摊修长的手说:我不知该坐哪里,您还没给我分配办公桌呢。

周遭的蓝色屏风格子里，响起一阵窃窃的笑。

我的脸又烧了一下，没好气的将他塞进一方屏风空格里，本想让与他相邻的女孩告诉他办公细则，又怕他与同僚过快地熟悉起来，将我昨晚的丢人德行抖搂给大家听，索性还是自己介绍吧。

前言不搭后语。

一个上午心思缭乱，无比想找人诉说内心的惶惶，找了半天，只有陈墨，在他面前，什么爱与自尊五五开这样的金科玉律，早已被我嗤之以鼻。

有时，我也会奇怪究竟迷恋陈墨什么。他几乎从没正式说过爱我，对所有人绅士，惟独在我面前是绝对的暴君。对结婚有着本能的抗拒，就像兔子对狼的抗拒。唯一的优点是不记仇，他常常在我们吵完架的第二天纳闷，好端端的，我为什么在生气？为哄我高兴他会破例陪我去吃麻辣小龙虾，吃小龙虾时，他表情就如赴刑场的革命先烈，一副即便是为我赴死都是无畏的大义凛然。

虽然吃小龙虾不至于毙命，但在他意识里，却是比当场毙命还恐怖的事情，于是，我便原谅了他不肯与我结婚的凉薄，分手的决心在落泪纷纷中做了鸟兽散。

拨了陈墨的电话，他不在写字间，拨手机，他压着嗓子说：我有事，待会儿再说。我识趣地收了线，陈墨可以容忍我在任何时候胡搅蛮缠，但在谈业务时绝不姑息，做团体财险代理，一位客户意味着的有可能就是他们部一个季度的营业指标，马虎不得。

中午，在24楼餐厅，我端着餐盘找空位子，远远见阮小白眯着眼睛看楼外的阳光，稀薄的空气，很有了些水的质地，我愣愣地看着他，轮廓落拓的脸庞，隆起很高的鼻骨使他看上去很像一个印度帅哥，应当说，阮小白很帅，可，我看他，就是有种说不上来的别扭。

阮小白显然注意到了我嫌恶的目光，不计前嫌地笑了笑，指了指对面的空座，我犹疑了一下，坐过去。

阮小白调侃说:艾小姐,别这么气势汹汹,太损您的形象了。

我瞪了他一眼,眼里已生出了刀子:我们可以谈谈吗?

他歪了一下头,挑衅地看着我:我知道艾小姐想和我谈什么,是说服我离开苹果公司吧?如果是这样,就免了吧,进设计水准一流的苹果公司是我的理想。

我差点噎死,草草吃了几口饭,起身离去:自作聪明!

阮小白一语戳穿了我的阴谋。

在苹果公司,阮小白将成为我的软肋。

其实,每个人的软肋都不是先天就有的,是脆弱的自尊后天给按上的。

我决定给阮小白穿小鞋,我是他顶头上司。

将最艰难最吃力不讨好的设计个案堆到他桌上,当着众人的面对他的设计作品极尽讽刺挖苦之能,让他有冤无处申,怎么说设计也是桩艺术活,没可供参考的硬性规则,所谓好坏,皆由评判者的审美趣味而定论。

我猜阮小白连试用期满都呆不到,就会揭竿而起,愤然离去。

事实证明,我错了。

我指着阮小白设计的一个商标图案厉声道:阮小白,你有没有审美标准?有这样搭配用色的么?

但凡看过阮小白设计图的人都会明白,我在故意挤兑他。

阮小白直直地盯着我,我终于幸福地看到了他眼里的愤怒,只要他肯愤怒了,离我将他成功逐出苹果公司的日子就不远了。

阮小白一把抓起图纸,连同我的手一并:我会将它修改得让艾小姐称心如意的。尔后,又压低了嗓子,小声说:艾小姐,今天晚上一起喝茶。

我假做没听见,转身回座位,他却亦步亦趋地跟来,伏在我耳边：艾小姐，其实你满可爱的，我清楚你为什么凶我，所以我原谅你。

我的心，震了一下。

他看着我，快速道：晚上七点，世外桃源见。

我赴了阮小白的约，因为陈墨晚上陪客户，我百无聊赖。刚停好车，就见一穿着破牛仔裤的男子直扑车门而来，吓了我一跳，竟是阮小白。他笑嘻嘻拍了拍自己的破牛仔裤，趴在车窗上说：茶楼是多高雅的地方啊，我这德行，肯定给赶出来，我们去泡吧怎么样？

我扫了他一眼，面无表情说：静吧。

他连连点头。

我探身拉开车门，见他还在车下待着，就扬了扬下巴：上车呀。

阮小白嘻嘻一笑，说：那我的车怎么办？

我愣了一下：你犯得着因为约上司喝茶而借辆车吗？

阮小白也不恼：更正一下，是和美女喝茶。

进了酒吧，我原以为阮小白会为这些天的不公际遇而声讨我，不曾想他一进酒吧就跟个大孩子，压根没提我怎样对他，关于向陈墨逼婚那令我尊严扫地的一幕亦是没提，如同我们只是一对没处打发夜晚寂寞的男女。

我穿过了酒杯看他，他也看我，目光碰撞，会心地笑了，他笑起来阳光而温暖，想到这些天对他的责难，我有些内疚，低声说：阮小白，对不起哦。

阮小白趴在桌子上，目光定定落在我脸上：艾丹蓝，其实你很可爱。

我几乎跳起来：不许叫我名字。

他跳着逃，围着桌子绕来绕去地叫我艾丹蓝，我说阮小白我是你上司阮小白你要叫我艾姐姐。

我们闹到深夜，都喝醉了，出酒吧时，腿软得不成，阮小白轻松地拎起我，扛在肩上，后来，我拼命地想，我是怎样爱上阮小白的呢？

我实在是爱他扛着我在街边拦出租车的样子，我像一棵藤，忽然地找到了一棵可攀爬的树。

这个比我小五岁的阮小白。

我们都醉得开不了车了。

阮小白把我扛到楼上，陈墨还没回来，我倚在门上跟阮小白摆手，正等电梯的阮小白突兀折回来，从我唇上抢了一个吻，我打他，叫他强盗，心里，很甜蜜。

次日清晨，我醒了，不肯和我结婚的陈墨还在昏睡，昨夜我醉得都不知他是几点回来的。

我呆呆地看着他修长而结实的脊背，将他往怀里拥抱，他挣扎了一下，转过身，张开惺忪的眼看着我：不是跟你讲过不要喝酒么，怎么又醉了？

我叫了声陈墨，眼泪就滑了出来，对我的眼泪，陈墨已是见惯不惊，无非是想让他知道我爱他爱得有多委屈。

陈墨看了看墙上的表：太早了，再睡会。言毕，不由分说地将我攥进怀里，少顷，他推开我，端详着我的脸问：你到底是怎么了？身体不舒服么？

眼泪弄湿了他的胸膛。

我坐起来，泪汪汪地看着他：陈墨，我担心我会不爱你了。

陈墨先是愣了一下，忽然地放声大笑。

我默默下床，在这个清晨，这个我爱了七年的男人用高声的大笑，讥讽了我的爱情，这志在必得的笑，伤害了我。

我没有拿枕头扔陈墨，这让他有点意外：丹蓝……

我回头倩然一笑:陈墨,从此以后,我不会央求你娶我了。

我拉开窗子,一阵清凉的晨风,温柔地抚摸过我,看天边朝霞似火,我的心里,却是落花成冢。

因昨夜的醉酒,上班后头还昏着,阮小白早就到了,他把下巴搁在屏风隔板上,望着我来的方向笑着,粲然一片。

我却忽然慌了,心里,落了一片滑滑的黄豆,找不到一个可令自己镇定的角落。

想起了他昨夜的唇,灼热在脸上忽忽奔跑,腾然间便觉自己无耻,他不过是一个刚出校门的孩子,24 岁,一个被我等将成熟稳重作为对男人的审美标准的女子们称为幼齿的男孩而已。

我假作没看见,埋下头,快速走到写字桌边,打开电脑,翻看桌上的文件袋,做忙碌状态。

阮小白慢慢走过来,站了一会,我听见他长长地叹了口气,离开了。

午餐时,他端着餐盘坐到我对面,看我,将我看得鼻子上冒出了细细的汗珠,我说:阮小白,你怎么不吃饭?

阮小白扑哧一声就笑了:你怕我会爱上你纠缠你?

我慌乱地摇摇头:没呢……

那就是你怕自己会爱上我。说完这句话,阮小白就埋下头去,将餐盘中的饭菜逐一消灭,再也无语。

我又将自己讥讽了一次:艾丹蓝,为什么自作多情的总是你?

阮小白并没急于向我示爱,常在下班路上,将他的车斜刺里拦在我车前说:找地方坐坐?

理智上,我想拒绝,却没力气,我喜欢和他在一起的时光,因为他肯宠我,被宠的感觉,实在是太迷人了,像中了蛊。

渐渐的,我知道了阮小白很多,妈妈在他 8 岁时去世,继母美貌且待他不错，只是，他无法从她身上找到温暖的母爱，她太年轻了。爸爸爱他的方式就是不停地送他东西，譬如一套临海的复式公寓，譬如这辆火红的美人豹，他不需要做工赚钱，可他想拥有自己的生活……

我们常常擎着一大把烧烤坐在木栈道上，看海水将夕阳一点点吞将下去，我们最喜欢的事是吃完烧烤后用面纸相互清理看上去脏乎乎的嘴巴，相互咬来咬去，像一对打架的小狗。

有时，阮小白会突然抓住我的肩，怔怔地说：你知道吗？这就是爱情，最干净的爱情。

除了笑，我还是笑，我不知道该怎么回答他，会想起陈墨，我们很久没在一起吃晚饭了，早晨醒来，常能看见他趴在我的脸的上方，目不转睛地看我，却什么都不问，我亦不说。

或许，自小缺失母爱的阮小白只是从我这里讨一点温暖吧？说白了，我不肯从心底里坦白承认阮小白的爱，是害怕被失望伤害，更何况，爱情像盛开的花朵，虽是潋滟，一过时光的漏斗却就走了形。

我想，我注定只能是个庸常女子，对任何特立独行的行径，只是偶有羡慕，乏有为之的勇气。

阮小白太年轻了，他青春阳光的笑，让我心里生满了自卑的褶子。

公司里已渐有我与阮小白的飞长流短，可他不会知道，我只想借他和陈墨玩一次欲擒故纵的游戏。

我假作没入耳，阮小白肆无忌惮，大抵所有的青春都曾这样勇敢地迎接过爱情流言。

陈墨好像嗅出了味道，我回家时，餐桌上摆着精致的饭菜，他竟然下了厨，真是破了天荒，从前，他连杯咖啡都不曾煮过。

见我回来，他倒上两杯酒说：做菜可以使人热爱生活。

我以为,因着我与阮小白的飞短流长,使他心生惶恐,肯好好待我了,便低眉顺眼说:恋爱也可以。

他走到我面前,想伸手抱我,却踟躇着,似是又不知该从哪里抱起:当我进门,发现你不在家,我会心慌。

我仰着头看他,微微的酸楚在心里一波波扩散开去,想扎进他怀里,却克制住了,阮小白曾批评我,我对陈墨的爱,太缺乏女子应有的矜持,才导致了以前的局面。

我看了看他,并拼命抱住忍不住想要伸向他的胳膊,我猜,接下来的一幕,他会向我求婚,并变戏法一样掏出一枚戒指,给我戴在指上。

肯定会这样的。阮小白说过,毫不费力气却一味赢下去的游戏,男人们将很快弃之,他们像酷爱英雄一样酷爱危险。

阮小白是我给陈墨设置的危险。

可,阮小白错了我也错了,陈墨确是觉察出了危险所在,却并未如我想象般的前去弥补,而是循着残破的缺口,光明正大地离爱出走了,美其名曰成全我与阮小白。他转到餐桌背面,如我一样,抱着自己的胳膊,慢慢道:你和阮小白的事,我知道了,是我做得不够好,这不怪你,看到你和他在一起快乐的样子,我很惭愧。

刹那间,我听到了坍塌的声音,在心里轰隆隆响起,我死死地咬着发抖的唇,看他从公事包里拿出几张纸:这房子是我们联名买的,我已去房产中心更名在你名下了。

我死死地看他,抓起酒杯,想扔到他脸上,却忍了,我知,这一次的失去,将是永远,可我还是想让他记住这个叫艾丹蓝女子的好,哪怕这就如舍身饲虎的兔子要在生命最后一刻呈现最优美的姿势一样可笑。

可,这就是爱的不可理喻之处。

我冲陈墨晃了晃酒杯,用低而温柔的声音说:谢谢你的成全。

他看我的最后一眼里，有了短暂凝视的味道，尔后，拎着他早已收拾好的东西，匆匆离去，埋着头。

是的，我应该感激陈墨，感谢阮小白的介入，让我在陈墨面前的退，竟是这样悲哀的有了胜利的姿势。

在爱情里，所有拱手相让都不是来自宽宏，而是倦了厌了而已。我终于明白并同情了陈墨，揣着倦怠陪我玩了 7 年的爱情游戏，他的角色应是隐忍而不是凉薄。

在最后的逃亡里，我与他都是货真价实的胜利者，惟独阮小白……

所以，我只能对着似水的凉夜，说一声：阮小白，对不起。

真相

整片老街的人都知道，他们之间的好，好成一根冰棍都要三人一起吃，可施鱼知道，真正好的，是白墨和小紫。他们拉自己一起玩是做幌子的，因为他们早恋，两人在一起太扎眼，拉上施鱼，就可以用三个人的友谊把爱情藏起来。

毕竟，他们才16岁，在大人眼里是屁事不懂的孩子，若是他们的早恋昭然大白，双方父母脸上都挂不住，暴打，拆散，是必然遭遇的两个不幸步骤。

在一起做功课时，常常的，桌上就剩了施鱼，他们两个不知猫到哪里去了。

可是，他们终于还是被发现了。有一天，小紫跑到施鱼面前大哭，说她要生孩子了。恐惧像洪水一样在她瞳孔里汹涌澎湃，施鱼怔怔地看着她，内心涌动着复杂的情绪，有点疼，又有点幸灾乐祸。

施鱼那么爱白墨，当然，小紫不知道，但，白墨略有感觉，却以装傻来告诉她，他只爱小紫。

从那以后，她就有点恨小紫。

那天，她和小紫抱着脑袋痛哭，白墨买了两包劣质香烟，笨拙地抽，一支接一支，最后他吐得一塌糊涂。施鱼后来才知道，那叫醉烟，每个初学抽烟的人必走的一步。他们都太小了，16岁的少年只知道怀孕是生孩子的开始，他们不想那么早做父母却不知该如何有效终止这一切。

小紫父母知道了这件事，很快，整条老街的人都知道16岁的小紫要生孩子了。

那几天夜里，小紫的家里传出压抑的哭泣声和断断续续的巴掌拍在皮肉上的声音。白墨咬着香烟在小紫家门外转来转去，眼睛是红的，不时拿拳头砸一下青砖老墙。施鱼看得心都碎了，她怯怯地拉拉白墨的手：别这样，一切都会好的。

白墨猛地甩开她的手，捡起一块石头，向小紫家的窗子扔去，玻璃破碎的声音，在夜晚清脆而悠长。

次日早晨，小紫母亲坐在白墨家门前放声大哭，她大骂白墨带坏了她的女儿并要他赔，就在昨夜，小紫失踪了。

白墨妈妈态度冷静的从小紫母亲面前进出，眼里满是轻蔑和鄙夷。

后来，白墨辍学了，任凭妈妈跪下都不肯上学，很快，他就能熟练地抽烟喝酒，在社会上浪荡了几年。当老街的人们望着他的背影摇头叹息说这孩子毁了时，他却摇身一变，变成了一温良有礼的良家少年，在街头开了一间书吧，每日静静地坐在吧里看书，要不就是看电脑，嘴角的笑，很有修养。

经常有个身穿果绿色帆布裙的女孩趴在他背上，不时用鼻子嗅嗅他的头发，很祥和的一幕。所有人都认为他们将是幸福的一对。

那位女子便是施鱼。她从职业学校毕业了，在一家商场做收银员，下班后就到白墨的书吧帮他打理生意，全然一副准老板娘的架势，不知就里的人见了，会以为他们是一对恩爱无比的小夫妻，或是，即使没办证也是把该进行的、一项都不少地进行了。

其实，白墨都不曾吻过她，连一声喜欢她都不曾说过。

时光将他变得越来越讷言了，看上去他就像一块晒在阳光下的石头，温暖，但沉默。

他是施鱼的英雄。

他却不能忘却小紫，尽管七年来，他不曾有过她点滴消息，随着时光远去，他越来越觉得，对小紫已不再是爱了，而是一种愧疚，那次年少的鲁莽，改写了少女小紫原本美好的一生。

城市在日新月异的旧貌换新颜，惟有老街不曾改变过，据说是为了保持老城旧貌，所以老街将永远这样沧桑着一张脸，以提醒人们知道历史究竟是怎样一回事。

小紫回来了，没有任何征兆，她身穿紫色旗袍，胳膊上挽着一只小巧的镏金手包，蓬松着云鬓笑吟吟立在白墨面前：嗨……

白墨从电脑上抬起头，然后就愣了，再然后，泪水缓缓地蓄满了眼眶，他慢慢站起来，说：小紫，你为什么不给我打电话你为什么不给我写信？你为什么要用沉默折磨我？

显然，小紫也是感伤的，她蜷起食指，用指背粘了粘将要滴出来的泪，哏哏笑了一下，拽着他的手说：我这不是挺好的么。

两只攥在一起的手，再也没松开过，他们热烈地说着话，很是忘我。下班回来的施鱼踏进书吧，就被眼前忘我交谈着的这对男女吸引住了，她慢慢走到他们面前，静静地看了一会，眼泪就无声无息地流啊流啊的停不住了。

施鱼悄悄转身，回家去了，那一晚，她在书吧门外走走停停地来回了许多次。她进去时，小紫已说累了，偎在白墨的肩上，香香地睡着了，好像她压根就不曾离开过。这七年之后的一切，在她只不过是小睡片刻，醒来就又都回到了最初的样子。

她站在白墨面前，一动不动地看他，眼泪大颗大颗地砸在脚边的瓷砖上，白墨局促了一下，憨厚地笑笑说：我说过的，小紫会回来。

施鱼忍着哽咽说:那,我呢?

白墨温柔地抚摩了小紫的脸:我们三个还是好朋友呀。

施鱼叹了口气:我们已经不是小孩子了,白墨,其实你什么都知道。

白墨就傻笑了两声,别扭地侧着身子给施鱼倒果汁,惟恐一不小心弄醒了小紫,施鱼心酸地摆了摆手说:我不喝,太晚了,我要回家了。

施鱼蒙在被子里,哭了一夜,她知道,那曾离自己近在咫尺的爱情,再一次飞掉了,而且,她将再也不能握在手里。

这一切,都是因为小紫。七年前,她像一个弃战场而去的逃兵,把众多可畏的人言以及脆弱到了颓败的白墨扔给她一个人。等她用所有的温柔抚平了岁月折在白墨心上的褶皱,她却又回来了,不费吹灰之力,就将她所经营的一切拿了过去,占为己有。

在黑暗里,施鱼咬牙切齿地想着,就像将她已咬在了齿间,细细地磨成了粉齑。

她恨透了小紫。

天将亮时,她的心渐渐挤进了一丝亮光,既然小紫不出现这一切就可以归自己,那么,有什么理由说服自己不让小紫消失呢?

庸常的小市民家庭出身,没学历,无姿色,无任何可依仗的背景,毫无前程的超市收银员职业,除了拥有白墨的爱,她还拥有什么呢?

当母亲叫她起床时,她的脸上已有了希冀在望的悦色。

一个筹谋,让小紫已成了躺在她心中的一具冰冷的尸体,只是时间早晚而已。

而她,在小紫变成尸体以前,必将如旧日一样,是分担小紫痛苦并分享小紫幸福小秘密的闺中密友。

施鱼一扫满脸的怨妇颜色，让白墨很意外，他只是短暂地愣了一下就释然了，如他这般七年如一日地等杳无音讯的恋人的男子，想必世间少见，她为此情感动，也属常理。

施鱼和小紫拉着手逛街，偶尔还会恶作剧的让白墨站中间，她们一边一个挽了白墨的胳膊满街乱走，招惹得旁人睥睨羡慕不已，幸福像阳光普照大地一样在白墨脸上荡漾，这样的时光真美啊。

后来，施鱼知道，小紫从家里逃走后吃了不少苦，因刚做过流产，身体又是虚的，身上又没带钱，一路扒车下到广州，在发廊做过小工，在饭店洗过盘子，最后到一家房产公司做售楼小姐，那些年广州的地产火呀，着实让她赚了不少钱，这几年广州房产泡沫经济破碎，房子越来越难卖了她也赚足了，就回来了。说毕，就伏在施鱼耳边说：我打算回来买套房子和白墨生一群小白墨。

这是小紫的理想，也是施鱼的理想。

施鱼嘴里说别忘了我是要做伴娘的呀，心却已在冷冷笑上了，想，谁知你的钱是怎么赚来的呢。偶尔的，她会偷偷审视小紫，她皮肤很光洁，五官很平常，可那么平常的五官拼凑到她脸上怎就显得那么媚气十足呢？像刚刚摇身一变出洞来的狐狸精，施鱼觉得她身上有种说不上来的味道，究竟是什么味道她想不出，看电视时她恍然的就长长哦了一声，终于知道了，她一直形容不出的小紫身上的味道，就是风尘味。

而且她渐渐发现，小紫与她只貌似相好而已，她们聊天常常出现冷场，不是没话说了，而是说着说着，小紫就突然打住了，好像再说下去就危险了一样，每逢这时，她眼里就会有淡淡的哀伤，藏也藏不住地闪烁着。

施鱼便识趣地转移开话题。

老街的人很快就习惯了归来的小紫，并习惯了她没领结婚证就和白墨腻在一起日夜不分，母亲待她也好了，可能想弥补些什么吧,都是女人,知道做女人的不易。

小紫拽着施鱼帮她去选新房,在一间房产公司又一间房产公司之间穿梭,有几次,在十字路口,施鱼故意说过吧。

小紫就问:绿灯亮了吗?小紫是色盲,施鱼说嗯。其实是红灯。

她们被司机着实骂了几次,有一次还被交通警罚了款,过后,小紫就点着她的额头笑:你呀,莫不是和我一样色盲了。

施鱼就一脸羞惭说:其实我也是色盲的,我只是不想让人知道。

小紫就哈哈地笑,说色盲又不是什么大缺陷,干吗怕被人知道?施鱼幽幽地叹息说:怎么不是缺陷?你看,我们都好几次了,差点过马路出事。

小紫若有所思地点头。施鱼的心,又冷冷地笑了几声。

小紫说回来后她越来越胖了,可能是因为心情好了,再也不用担惊受怕了,安逸让脂肪开始了疯狂。施鱼就看住了她的眼睛,笑着问:怎么,做售楼小姐还要担惊受怕么?

小紫一时语塞,脸颊飞起两团红晕,她一直改不掉撒谎就要脸红的旧习,施鱼遂做醒悟状说:晓得了,据说广州那边治安不好,是吗?

小紫像一只被追堵的老鼠,终于看见了一个可遁逃而去的洞口,遂也连连说:是呀,广州治安太差了,晚上回家,我的心就提在嗓子眼上。

施鱼就把手放在她肩上,说:我看网上也是这么说的,什么砍手帮,飞车党的,很吓人。

说时,目光并不曾将小紫放了,就见小紫的鼻尖上,已有了细密的汗,盈盈欲滴。她的心,像一朵盛开的花,她终于可以一箭双雕地夺回被小紫拿走的爱情了。

所以,当小紫再一次说自己越来越胖了时,施鱼就建议小紫去学游泳,她是会游泳的。古语就说水火无情,在水里,制造一起意外,实在是桩简单的事。

而且,她婉转从小紫嘴里打探出了她在广州就职的那家房产公司名称,辗转托了人去打听,人家说,公司里不要说从来就没有一位叫小紫的售楼小姐连个北方来的员工都不曾有……

施鱼小心地把那家公司的电话和售楼部的主管记下来,望着这张纸,她轻轻地就笑了,胜券在握的姿态。

次日,趁小紫去超市买水果,她将那张纸放在白墨面前的电脑桌上,用一根中指慢慢推过去。

白墨笑着问:这是什么?

白墨笑起来像个单纯而温暖的孩子,施鱼的心一抽一抽的疼了起来,一颗这样干净而纯粹的心,竟然被一个风尘女子将爱给骗了去。

施鱼说:你打这个电话,这家公司从来就没有一个叫小紫的售楼小姐,她骗了你。现在你应该能猜到,在南方这七年她究竟在做什么必须瞒着我们的勾当,竟将我们骗得这样滴水不漏。

白墨怔怔地盯着那张纸,脸色越来越白,像那张纸,嘴唇有些哆嗦:施鱼,我不想证实这七年来她在南方做什么,我只知道我爱她。

说着,他就把纸拿起来,一点一点地撕碎了,细细的碎片进了废纸篓。末了,他猛然抓过施鱼的手:算我求你,不要让小紫知道你的怀疑,这些年,她太苦了。

施鱼的眼泪就落了下来,她说:白墨,那我苦不苦?

白墨显然知道她说的是什么意思,他什么都没说,垂下头去。

施鱼垂着头走出了书吧,她在心里轻轻说:小紫,对不起,其实你本来可以活的，可白墨拒绝知道真相，是他，不肯让你活了，别怪我。

次日，她电话约小紫，说下班后去教她游泳。

8 月的海边，骄阳似火，白墨竟也一道来了，他冲着施鱼笑了笑就点上一根烟，他还带着一只巨大的充气橡皮床，抽完一根烟，他就踩着充气器，起起落落中橡皮床就鼓了起来。

抹上防晒霜三个人一起下海，不会游泳的小紫躺在橡皮床上被两个会游泳的人推着往深水区走，施鱼就有点失落了，看来今天是不行了，有白墨在，她不能下手。

她心里涌动着无边的哀伤，沉默地划着水，对白墨和小紫不理不睬。

后来，白墨问她会不会潜水，施鱼懒洋洋地说会呀。

白墨就说：我们比赛潜水吧，看谁潜的时间长。

施鱼无所谓地点点头，小紫饶有兴趣地喊着 1、2、3 两个人就一齐扎下水去。

施鱼在水里慢慢睁开眼，柔软的海藻抚摩着她的脚趾，忽然，水里有个略温的东西扯住了她的脚，她惊了一下，就看见白墨，白墨正愤怒地攥着她的脚，死命往下拽，她想喊白墨你要干什么？可是，她一张嘴，水就涌进了她的胃里，惊恐让她想大叫大口呼吸，可一张口海水就呛进了她的肺里，她看见白墨因痛苦而扭曲的面孔几乎贴在她的脸上，她终于听清了他的那句话：我再也不允许任何人伤害小紫了，无论是谁。

施鱼缓缓地闭上了眼睛，她终于知道了什么叫爱情，比如白墨与小紫。

白墨早就猜到了小紫的过去，但他宁肯把心折磨碎了也不去问，既然她想在他面前扮演天使，他就成全她，他只想要和她在一起，过着没有飞短流长的幸福日子。

他浮上水来,甩了甩头发上的水珠,问小紫:施鱼呢?

小紫说:还没上来呢。

白墨就笑着说:她又要逞能了。说着,他开始看沙滩上的大钟,随着时间滴答而过,他脸上渐渐有了慌色:施鱼怎么还没上来,会不会?

说着,他们开始向岸边划边向浴场救生队求救……

当心我会爱上你

喜郎说葛布我会爱上你时，他坐在我的办公桌上，长长的腿，一荡一荡地蹭在我洗得发白的牛仔裤上。这一年我 26 岁，喜郎 22 岁，在本市最大的私营企业金楚公司，喜郎负责设计最新潮的欧典沙发，我则被出版社发配来给金楚的总裁楚乔写传记文学，是出版社拉赞助的一种形式，现在是市场经济，我没有选择的余地。

楚乔尊重把文字演化出魅力的人，所以我有一间单独的办公室，我喜欢他沉着自若的神态，他递来的咖啡有几次都被我张皇地洒在衣裙上，这一年，他 40 岁，正是成功男人魅力四射的年龄。

喜郎画完图纸后就钻进我的办公室。他和我一样寂寞无聊，我不爱纪实文学，就像他不喜欢金楚的人事纷杂。

我拍拍他的肩膀说小弟弟，别这样，我怕怕。

然后，我点上一支烟，教他怎样吐出完美的椭圆烟圈，教他怎样貌似绅士地抽烟，在此之前，他不会抽烟。

下班后，喜郎跟在我的身后，像一条甩不掉的鼻涕虫。和往常一样，我们去四方路的烧烤一条街，在烟火缭绕的屋子里喝着正宗的青岛散啤，吃撒着孜然和胡椒的烤肉筋和鱿鱼。木炭的烟尘弄得我们要一边吃一边擦泪，我告诉喜郎我喜欢这样的感觉，生活就是一边享受美好一边为美好的过程擦泪。

喜郎在认识我之前从没吃过这东西，因为他老爹说这是下里巴人吃的东西,关于他老爹,我不问,和我关系不大。

我们一家一家的挨着吃,我对喜郎说,等把这条街吃遍,我的传记文学也就写完了,我喜欢不同的地方。

喜郎再一次说葛布,我会爱上你的,他拿着一条烤好的鱿鱼,说:你不说好吧我不给你吃。我告诉他我不会为一条鱿鱼扔掉爱情,我招手,说老板,再给我烤一条鱿鱼。

喜郎的眼里有泪在闪闪的。我说:你看你,像一个受了委屈的孩子,你懂得爱情是什么?

我比喜郎大四岁,相隔两代人一样遥远。这样的爱情,我不喜欢,我不喜欢自己像个阿姨,哄着随时都会哭鼻子的小孩子。我需要被别人哄着,被别人宠着,还有被别人征服着,这样的感觉喜郎不能给我。

喜郎默默地把鱿鱼递给我,然后我的手被他攥住:在我眼里你才是一个没长大的孩子。我忽然的有点感动,但,和爱情无关。

那一个晚上,喜郎跟在我身后,像一根长长的木桩,他身高1.97米,我身高1.60米,在路灯下,有点滑稽。我说你回家吧。他只说一句话,说我会爱上你的。我被他搞得都有点好笑了,只好哄他:我知道,很晚了,你回去吧。他猛然抱起我转了一个圈,说:我背你回去。我说好吧。那个晚上,在喜郎的背上,我的心,在想念沉默的楚乔。

然后,喜郎就黏糊上我,在每一个有可能的时刻。

其实,我爱上了楚乔。我知道他毕业于北大经济系,他从不像别的企业主不时过问进展程度,偶尔路遇,他微笑,点头致意,都会令我心慌气短。我喜欢这样沉默而有城府的男人。

和喜郎聊天时,我的眼神会不时飘出门去,楚乔经常路过这里,我不想放过每一次看见他的机会,而我知道,这样的爱恋只会令我心疼。我只有选择逃离，以最快的速度结束实地采访，回家潜心写稿子。

于是，我开始白天睡觉，晚上用香烟和咖啡活跃脑细胞，在电脑上码字。每天下午五点半，喜郎准时敲开我的门，手里提着我的晚饭。

累了的时候我和他接吻，抚摩他的身体，然后，偎在沙发上一口一口地吃他喂给我的饭菜。

喜郎说：你看你已经爱上我了。我不语，对喜郎的爱抚，只有我自己知道，有点不负责任的放肆，其实在此刻，他是和咖啡香烟一样的物质，我享受他的体贴和年轻的青春。

两个月过去，我吃惊的是两个月的时间，我写出了整整二十万字，终于完了，去送稿之前，我在喜郎的怀抱里睡了一个黑夜和一个完整的礼拜天。我醒来时，喜郎的眼睛里是晦涩的疲惫，怕弄醒我，几十个小时他没敢动一下身体，我知道那样的滋味不好受，我起来后他足足二十多分钟举不起自己的胳膊，已经麻木得失去知觉。我的眼睛有点湿润。

楚乔看完稿子已是深夜，在他的微笑里，我的心一片凌乱。他请我吃饭，我没有拒绝的力气。

他要了法国干邑和澳洲龙虾。然后，他的眼睛，即使无语，也令我比面对喜郎的单纯心动。他说：葛小姐，我们少喝酒多吃菜。

而我只想喝醉，在他面前，我想尝试一次放肆。

我沉默地喝酒，他一次次地给我的杯子里加冰块，酒越来越淡。我的心，漂浮在疯狂的边缘。桌子上已有两个空荡荡的酒瓶，他握住我还要倒酒的手，葛小姐，不要喝了。

我伏在他手上，哭了，眼泪稀里哗啦地流下来，我说我喜欢你楚乔。

他拂去我满脸的泪滴，葛小姐，你喝多了。

被拒绝的羞愧和失落使我手足无措。他说我也曾经醉过，都是年轻时的荒唐了。

他送我回家，一路难堪的沉默，我宁愿自己爬回去。

我回家，已是凌晨，喜郎站在门口，他说你回来了。我把自己扔在他的怀里，给他钥匙，进屋，把自己扔在床上，他打了热水，用毛巾一点点地擦拭我沾满酒气的脸，他看不透我失败的心事。

近在咫尺，我醉眼朦胧里看他青春干净的脸。其实我依赖他，在不知不觉中。然后，我搂着他的脖子，说喜郎，喜郎……

他笨手笨脚地拥抱我，我的泪滴在他的肩上，他张着长长的手指，手忙脚乱地给我擦泪，可是，我的泪，流得那么汹涌那么快，快得他的手指无法阻挡，我伏在他的胸前，滔滔泪下地责怪他：我已经老了，你为什么要这么小？

他的手捂在我的唇上，轻轻吻着我的耳，低声呢喃，你是我心里的那个小小的拇指姑娘，那么娇弱那么小，我想把你托在掌心里。

那一夜，我哭了又哭，他哄了又哄，当太阳升起，我看见他干净整洁的白T恤上，蹭满了我的眼泪和鼻涕，我央着他脱下来洗，他笑着逃开：不，不要你洗，我要留着，这是你的味道……

那么好的喜郎，可是，我的喜郎，你为什么要比我小？

星期天，我和喜郎走在海边的沙滩上，喜郎忽然说，葛布，去我家吧。我说不去不去，他拥着我的身体说去吧去吧，就在旁边的小区。我知道自己爱上这个阳光一样灿烂的男孩子。在弄海园小区的一栋房子前，我犹豫了，我知道，这样的房子，仅一年的物业费就可以让我在市区租上一套大大的房子并维持上一年中等的市民生活。我还没来得及想什么，喜郎的手已经按在了可视门铃上，我被拥在他胸前。

阔大客厅里，两个沉默的中年男女在沙发上审视我，家政工人给我端来咖啡，我嗅得出，是正宗的巴西咖啡。

喜郎快乐地把我介绍给他的老爹和老妈，他们的热情很矜持，有些做作的高贵。

他老爹问，葛小姐，哪所学校毕业的？我说了一个并没有什么名气的大学，然后他老妈问老家是哪里的？还有我的芳龄。我知道自己并不美，头发从没修饰过，我的指甲是自己修的，我的脸和牙齿被咖啡和香烟弄得有点泛黄，还有我的衣服，是在普通商场里买的，我的家乡在遥远的农村，我的年龄比他们的儿子大四岁。

我回答他们所有的问话，我在他们眼里看到了疑惑拒绝，还有不屑。然后是拘谨难堪的沉默。我从包里拿出一根香烟点上，在他们诧异的眼神里慢慢地抽，把烟灰弹在咖啡杯里，我说我喜欢把烟灰弹在杯子里，所有的杯子，因为我觉得烟灰是最干净的东西。

然后我站起来，说喜郎，再见。我看到了喜郎眼里的绝望还有内疚和愤怒，因为他爱我，我的心，不能忍受轻视，我不羁的外表包裹着一颗脆弱而敏感的心灵。

喜郎追出来，我拒绝理他。

许多天，喜郎在门外说葛布，我爱你，不在乎任何人的看法。他说葛布葛布。

门内，我冷笑着告诉他：喜郎你让我愉快的使命已经完成，我不爱你，在你身上我嗅不到一丝属于男人的气息。

我刻毒的话是尖利的利刃，刺穿他稚嫩的自尊，他沉默片刻后离开，我的心，在门内，冰冷而没有热度，有冷冷的泪流下来。

然后，我接受一个剧组的约请去上海撰写一部电视剧。出门时，我看见门口堆积着喜郎给我买来的饭菜，在阳光的普照下已经霉烂变质，像我们曾经以为的爱情。

在上海的日子,灯红酒绿的迷乱里我想念单纯的喜郎,还有他干净的爱情,我想忘记他,很快接受另一个编剧的纠缠,在他的许诺里,我告诉他我要的爱情必须干净。然而不久后,我却看见他和一个正做着明星梦的女孩子纠缠在床上。在上海阳光明媚的中午,我坐在繁华的南京路上哭泣。

五个月后我回到青岛,在海风的吹拂里,我在不停地想念喜郎,想念他高高的身体里有对我纯净的爱。

我动用了各种各样的手段寻找我的喜郎,所有的人都告诉我:喜郎失踪于半年前的一个黑夜,没有人知道他去了哪里。

我的心,在反反复复的忧伤中度过。

一个月后的早晨,我收到一个邮包,是喜郎的日记。

8月20日　葛布走了,她不再爱我,她的嘲笑,让我的心碎了,在她的门外。

8月23日　一个朋友告诉我,要征服一个女人首先要在床上抓住她的身体,然后,她的心就会永远跟着你。

9月30日　我从家里搬出来了,我要在爷爷留给我的老房子里等着葛布回来,我把房子刷成她喜欢的淡蓝色,在阳台上,我做了一个烧烤台子,我要等她回来,和她一起做烧烤喝散啤酒。

10月30日　一个秋天我在不停地制作木炭,冬天快要来了,葛布应该快回来了。

11月2日　最近我总在不停地发烧,大夫找不到病症。

12月3日　我去医院做了全身检查。

12月5日　大夫说我淋巴上长满了东西,他虽然没明说,但我知道死神看上我了,死是每个人逃不掉的结局,我不想让爱我的人伤心,就不告诉他们了。

12月6日　我在想念葛布……

12月7日　我在想念葛布……

12月8日　葛布爱我了，可是我想念她。

12月9日　生活多么美好，我却不能享受了。我不知道天堂里有没有美丽的天使，有没有美丽的爱情。

12月10日　我要走了，葛布别哭，看见你的眼泪我会心碎，原来我是想周游世界的，现在是不能了，只把中国的美丽看完了就是上帝眷顾我了。

12月18日　我上路了，背着对葛布的思念，我不知道会在哪里倒下去……

我拿着日记，泪眼模糊。我从没感受过如此真切的爱，一点点地撕碎了身体。我从没感受过如此真切的痛恨，针对自己。

几天后，我去喜郎的老房子，在院子里，我看到阳台上的烧烤架，寂寞地弥漫着陈旧的忧伤，我想起了和喜郎在烧烤屋里边吃边擦泪的时光，我的眼泪恍惚了心灵，然后，我听见门响了，高高的喜郎，木桩一样站在门口。

一下子，我把自己丢进他怀里，我说爱你爱你喜郎，我真的爱你。

他拍拍我的手说知道了。

他的笑声，我听见了，藏在很浅的地方。

喜郎他一边给我擦泪一边坏笑：一个哥们教我写了一本日记，想不到这么灵。

我张着大大的嘴巴，他的吻抢过来，我捶打他的脊背，他挣扎着：别，打死我，还有谁会像我这样爱你。

暧昧

遥远的四年前，青岛的函谷关路上，早已稔熟于心的左岸，站在春天的风里，正是落英缤纷，细碎的花瓣在飞舞。梁家颂怀着无比的眷恋讲述大学生活时，总有左岸生动的影子在跳跃。

梁家颂笑吟吟对他说我的女友灏媛时，我的手攥在梁家颂的掌心里，彼时，我和梁家颂以爱情的名义住同一所房子睡一张阔大的床。

我们的手在暖洋洋的空气里碰触，然后，快速分离，我握住空气荡漾的瞬间，未来在心里旋转了方向，忽然感觉梁家颂和自己三年零六十天的爱情幸福里有太多的粉饰痕迹，或许因为爱，在我面前，他掩藏起了男人骨子里的霸道。

与我的喜欢，恰恰相反。

套着黑色西装的左岸，有着利刃般寒光四射的眼神，如同小李飞刀刹那间掷出的刀子，砰然一声，击中心灵的痛疼，让我忽然忽然地有了流泪的欲望。

左岸是来青岛参加行业会议的。

杯盏交斛，我们没有说话，只有眼神，在空气中纵横交错，在一个又一个瞬间，内心绽开烟花爆裂般的噼啪声。

梁家颂有高而健朗的四肢，心思敏锐，是他匮乏的东西。

当梁家颂快乐地问左岸和一个叫小苊的女子什么时候请我们

吃喜酒时,我的胃开始了剧烈的疼。

左岸盯着我捂在胸口的手指,看看梁家颂。

梁家颂用暖暖的姿势,摸摸我的手。我虚弱地笑:“胃不太舒服。”

梁家颂到隔壁的药店给我买丽珠得乐,每当我身体里有痛疼发生,他的第一个动作是跳起来,给我买药,他不会明白,有一些疼,和病理没有关系。

只有两个人的桌上,有一些缄默在变得漫长,我垂着头,用长长的头发隐藏起表情,当梁家颂举着丽珠得乐药盒站在桌边时,我已管不住眼泪。

胃疼真好,至少,在这个夜晚,它是流泪的最好借口。

回家路上,故友重逢的兴奋让左岸的名字频繁冲撞在梁家颂嘴巴里,他不会知道,每当左岸的名字从他嘴里跳出一次,我的心就会有一下轻微的窒息。

有些爱总在不经意时刻突兀闯来,和时间和语言没有关系,一些感觉而已。

第二天早晨,我们见到左岸时,他轮廓锐利的脸上罩着巨大的墨镜。梁家颂呵呵地笑:“第一次看见有人戴墨镜看海上日出。”

左岸的笑从容平和:“最近我的眼睛有些畏光。”

墨蓝色镜片,隔绝了相互碰撞的眼神。

然后的几天,左岸戴着墨镜和我们吃饭聊天,我相信左岸戴墨镜是要遮掩住轻易就出卖掉心灵的眼神,而不是畏光。

很长一段时间,回上海去的左岸是我们的话题,梁家颂用充满怀恋的口气演绎他在大学里的逸事,或者,我不动声色地旋转,从梁家颂嘴巴里掏想知道的细节,比如他的女友比如他们的爱情,陈旧而琐碎的细节,从梁家颂的嘴巴里跳出来,一次次撩拨起了内心的伤疼。

很久很久后的某个夜晚，左岸打过电话问："梁家颂在么？"

他的声音像飞速而来的子弹击中身体，偌大的房间，我听见自己的声音在墙壁上四处碰撞之后回到耳膜："他在公司值班。"

他说："哦，是灏媛吧？"

左岸两个字翻飞在心里，拥挤的伤感让我找不到话题，呼吸在话筒里穿梭。

左岸说："灏媛，有些事，最好在即将失去勇气之前完成。"

除了哦我只能说哦。

末了，左岸用一句话拦截了隐秘在我内心的光芒："灏媛，梁家颂是我最好的朋友，所以，我应该让他知道，明天是我的婚礼。"

我说哦，然后，努力地想，想我应该祝福他的，那些烂熟于心的词汇，纷纷后退在记忆的末梢，我抓不到它们。

他迟迟疑疑地收线，擎在我手中的话筒，一如尴尬在脸上的泪水。

我不能保证，告诉梁家颂这个消息时眼泪不会出卖了自己，我写一张纸条，摆在床头的位置。

上午，梁家颂给我电话，兴奋地商榷我们该送左岸什么礼物贺喜，我默默听他一一说着左岸的喜欢，然后说："梁家颂，我们结婚吧。"

或许，这是左岸想要的结果。

关于左岸的消息，断断续续来自于梁家颂的叹息，婚后，左岸的爱情正以缓慢的姿势绽开细碎的裂痕，夜里，身穿黑西装的左岸，甩过刀子一样的眼神，让我惊悸着湿漉漉的脸醒来。

身边的梁家颂安睡如婴，他看不见藏在我内心的疼，在他的感觉里，幸福就是我们现在的样子，生活宁静安好一如风波不经的港湾。

我在报纸副刊做感情专栏，梁家颂便认定在我心里纵横了千条妙计，可以帮左岸拯救摇摇欲坠的婚姻。

梁家颂跟我说让左岸给我打电话时，我不停闪烁在黑暗中的表情，他看不见。

左岸打过电话时，月光宁静宜人，停泊在我赤着的脚上，我说："左岸吧?"

他轻轻笑了一声："梁家颂在么?"

然后，我们漫无目标地说，漫无边际的空白总是不经意间就塞过来，我们只能听电话的交流声，细细穿梭。

梁家颂在时，我告诉他女人要怎样哄，他要么静静地听，要么哈哈的一阵大笑，是几尺之外的梁家颂都能听到的爽朗，是秋日阳光的味道。

这不是我想说不是我想听的，在于他也是同样。只是我们只能以这样的方式，让心平行静止在咫尺。

我越来越感觉自己在做一桩可笑的事，我爱他，却在不停地告诉他怎样爱太太或让太太更爱他。

周三夜晚，电话准时响起，他在那端问："梁家颂在么?"而我们明了，每个周三的夜，梁家颂呆在写字楼值班，数着窗外的星星熬过去。

这句话的全部意义，是我们说话的开始，我们只能说着一些无边无际的话，一些隐秘的澎湃，隐忍在身体深处。

告诉左岸，女人是要哄的，我是女人所以懂得女人的软肋生长的地方，隔着漫长漫长的电话线，我泛着微微的酸楚教给远在上海的左岸哄女人的技巧，有一些爱，如果注定是渺茫的无望，那么，我希望他过得好。

没有人能拯救得了濒临死亡的爱情，我却愿以此为借口，倾听左岸的声音，带着疯狂的杀伤力，一路抵达心里。

离婚后的左岸总有各种各样的机会出差青岛，他指着墨镜对梁家颂说："眼睛畏光，怕是这辈子医不好了。"

他带给我各种不见得有多少货币价值却是精致的礼物，一款藏包，云南的小银饰，西安的手绣蝴蝶串……他不直接给我，每一次，都是边递给梁家颂边说开会发的小纪念品，或在外地朋友送的，对于回到单身的他已经毫无用处。

它们就这样辗转而不动声色地充斥满了我的生活，在每一个目光所及的地方，处处都是左岸的痕迹，隐秘的石头般，积压在心里。

我知道，这些小东西都是左岸精心挑选的，只是我不能问，他不能说，而梁家颂，从不能看见表象背面隐藏了令人恐慌的真实。

他总问我："灏媛，你怎么总是不开心？"

除了坦诚事实，其余的回答都将是谎言，所以，我只是看着他不说话。

被他逼问久了，我说："因为绝望。"

梁家颂像固执着要揭开谜底的孩子，一遍一遍猜测什么是令我绝望的根源，他知道我是个感性女子，心思敏感而细密。

他猜过的种种可能被我摇头否定，灰暗在他脸上层层积压而来："灏媛，和我生活一辈子让你感到绝望？"

这次，我没有摇头，只是定定地看着他，泪水渐渐蒙上眼睛时我说："对不起。"

我和梁家颂心平气和分手，直到拿着绿色的离婚证时，站在街上的梁家颂依旧黯然地坚持问："灏媛，告诉我为什么？"

我低着头，在阴沉的天空下，我掏出墨镜，遮掩了眼里的仓皇："我想，我不适合婚姻生活。"

梁家颂萧瑟离去,无可避免,我成为他记忆里的伤,只是,我是个自私的女子,因为不想委屈自己,除了伤他我找不到其他余地。

这是左岸自始至终不知道的过程,不想听到他虚浮而尴尬的劝慰,我知道他会。

乘了火车去上海,飞机太快,很多心态,来不及从容,我要站在左岸面前,对着他没有墨镜的眼睛说我一个人了,然后,看清他的心怎样在眼神里浮动。

漫长的旅程,我一次次在手机上按上通往左岸声音的一串数字,在振铃响起前关闭,火车距离上海越近我越是恐慌,只能把脸贴在车窗玻璃上,外面是秋天的田野,眩目的金黄无边无际摇晃,以飞翔的姿势掠向后方,眼睛开始尖锐地刺痛。

下车,出站,在陌生口音陌生面孔包围里,来前的从容自信,在瞬间坍塌。

站在左岸的写字楼下,按上重拨键:“左岸,我在你楼下。”

收线时,我已是平静,挣扎在心里的可能与不可能,几分钟后,将随着那个从没说过爱我甚至连喜欢都没暗示过的男人的出现而平息。

几分钟的等待漫长得像过了一辈子。

出写字楼时,他看我,然后看天,然后戴上墨镜:“灏媛……”

我笑了笑。沿着街道边缘,我们慢慢走。

华灯初上时,我们坐在一家静吧里,想出口的话,顽固盘桓在心里,找不到出口。

隔着桌子,我试图穿透左岸的墨镜。

我说:“左岸,我一个人了。”

左岸低下头,一只手抓着自己的另一只手,如同一松开,一些东西就攥不住了。他不问为什么也不说话。

我说："左岸，我爱你。"

左岸的手，响起吧吧的关节声。

"左岸，你摘下墨镜好不好？"

他不动，我伸手摘他的墨镜，却被他一把抓住了，慢慢按回桌子上，墨镜的边缘，飞快地流下了水痕。

除了汹涌的疼，我没有泪，我一根一根掰开他的手指，一根一根地把自己的手指塞进他掌心里。

我们看着在桌子上打斗的手，好像，它们与我们的身体没有关系。

左岸把我的手指一根一根剥离出掌心："灏媛，对不起……"

被很多相逢恨晚的男人重复过的假如或者如果，左岸没有说，比如假如我们早在梁家颂前遇见，如果你不是梁家颂的爱……

他不想无辜的梁家颂被我再一次怨怼。

在上海，左岸跟我说的第三句也是最后一句话是："灏媛，有些事情，过分纵容自己的心性，我们的良心会一生不得安宁。"

缓缓仰起头，我总是习惯用这个动作，逼回即将冲出眼眶的泪水。我们曾经用眼神和声音相互诱惑，他选择做一个凡俗的好人，却不肯，不肯做毁掉梁家颂爱情的罪人，即使事实不曾如此。

我们在酒吧，把黑夜坐成凌晨。

去虹桥机场，一路上，我们用双手抱着自己的臂膀，飞机滑离上海的天空时，我知道，那些忍不住要给彼此一个拥抱的欲望，被忍成永远的过去式。

没有人能够知道，漫长漫长的岁月里，自己将会遇见谁，亦不知谁终将是自己的最爱，总有一些相遇是错误，总有一些暧昧是爱情唯一的结果。

内伤

别离还未曾到来，我的思念就已开始。

思念那些我即将别去不在的日子，你的生活会是什么样子，是否有让我流泪的故事发生？我把这些心事铺在你面前，就像铺开一些美丽有毒的花瓣。你发誓为我善待你的身体，重申我在你心中的霸主地位不容置疑。

好吧，事到如今，我只能相信你。我握着你的手，一遍遍低唤你的名字，其实，我可以不去北京，呆在广州做一级文员，等待按部就班地升迁，和你恋爱，一心一意。

可，我无法忍受那些曾和我站在同一起点的家伙们从北京回来后就一副跳级生的优越嘴脸，不过一年而已，爱情再好也不能折换成银子。

更何况，没有锦帛一样的人生，爱情开成牡丹也没处落脚。

在登机口，你抱着我的腰，眼神迷离而忧伤，说小童，小童，现在说不去还来不来得及？

我伏在你胸口的脑袋使劲地摇，大朵的眼泪弄湿了你的浅灰色衬衣。

3 个小时后，我抵达首都机场，离你 1967 公里，在大得令人绝望干燥得让人发狂的北京，我的思念落地生根。

在公司提供的单身公寓里,我给你打电话,你正在超市,电话那端有隐约而嘈杂的促销声,足以证明你在买公仔面,没有因我的离开而纵身声色犬马。

我收拾房间,清扫前任留下的蛛丝马迹,洗澡,换衣,打开电视,琢磨明天的行头以及开场白,哦,余舟就是这时到来的,我们年轻有为的北京大区经理,他微笑低沉,说小童,欢迎你的到来。

他叫我小童而不是白小姐,一个长相很北方的男人,身材魁梧,面孔微黑,一笑,牙齿洁白而整齐,容易让人想到牙膏广告。

在离公寓楼不远的湘菜馆,他请我吃饭,说这是惯例,所有从总公司过来的人在北京的第一餐饭,都是他请。

湘菜的热辣让我狼狈得无以复加,不停地埋头打喷嚏,他连忙道歉,说不该没问饮食习惯就带我进了湘菜馆,然后埋单,说换间粤菜馆,望着一桌未动的菜,我说不要不要,心里却早已将他狂殴万遍,首次相见,就害我有失体面。

北京的夜晚比广州的夜晚空阔,他的腿很长,我要快速挪动双脚才不至于被落下很远,而且,我穿了可恶的高跟鞋,湘菜的余威尚在,喷嚏依然冷丁发作。

到底,他还是让我吃上了清淡可口的粤菜。

那晚,他拉过我的手,在回公寓路上,我已精疲力竭,恨不能将全身重量依附在他臂上,当然,我不能。

我只是总公司派往北京大区的财务监理,工作悠闲,有大把的时间用来思念你。

我在 MSN 上告诉你,我爬了长城看了故宫逛了北京的老胡同,我有很多的快乐与你分享,视频里的你咬着香烟,很安静,你给我看你健壮的身体没有因为我不在而被虐待成黄瘦的竹子。

我满心欢喜,告诉你衫要勤换,莫要因了寂寞而沉溺于灯红酒绿,你笑得鼻梁上生了皱纹,一遍遍央求我趁周末回去慰劳你饥饿的相思。

其实,我在北京的生活有些糜烂,善于体恤的余舟说,独在异乡为异客会被寂寞杀伤,所以总带我去吃饭去K歌。有一次我在三里屯喝醉了,他背我上楼,然后光着上身在卫生间里洗被我吐得一塌糊涂的T恤,用吹风机吹干,穿上,才肯出来。

我歪在沙发上和他讲你,他默默地听,抽了半支香烟后突然说:如果你一直在北京多好。

好似不曾听见我前面的话。

我的酒就醒了,把他手上的烟拿来抽了一口,眯着眼睛看他,悲伤在我心中缓缓升起,为什么要悲伤?我不知道。

很久很久的以后,我终于明白,选择是桩令人悲伤的事情,有取便要舍掉。

女人都是贪婪的动物,企图占有所有心仪的东西。

譬如他,譬如你。

我们的爱情在金属光缆上生长,喘息。孤单的夜里,我时常担心它会因营养不良而夭折。

不,你不要猜疑我与余舟的关系,我们只是有些暧昧,最多是拉拉手或是K歌时四目相对,用歌词表达心照不宣的无奈心声。

我们唱过信乐团的《假如》,唱过张信哲的《白月光》……

你想我想疯了,拟定了无数归期,我回不去,北京大区的所有财务单据都要得到我的签章才能顺利下账。

你灰了心,不再执著地拟定会面计划,渴望某一天,我会突然降临在门前,然后,你被铺天盖地的惊喜淹没。

我会以说你来抵挡余舟深邃目光的进攻,他从来都是一言不发,瘦长的食指和中指顶在脸上,定定地看着我或抽一支烟。

我决定千里奔袭，不是为了送你惊喜，而是，面对诱惑时爱情经不起分离，我需要你的怀抱，给爱加些稳定剂。

很俗套是不是？

我站在公寓门外电你，你说正在与客户谈生意，可，我分明看见你黑色的帕萨特停在楼下。

我坚持给你惊喜，买份报纸上来，倚在门上等你，可是，我听到了你的声音隐约在门内，你的嬉笑和另一个女子的温言轻语。我刹那间怔住。

这时，我应该掏出钥匙冲进门去，泪流满面地谴责你的背弃。我没有，因为我不想让爱死无葬身之地。

我一步步后退，觉得自己荒唐透顶。

我闪进安全通道门内，给你电话，说我回来了。

你大吃一惊，问我在哪。

我说抱歉，回总公司有点事，本想给你一个惊喜，可事多繁杂拖延至现在，回程航班使我迫不得已，已身在机场。

你似乎无限惆怅，在电话里吻我，我想象你身边女子的表情，是不是有些受伤？

收线，等在那里，我想看看她的样子。

你送她出门，看得出她脸上有未干的泪痕，你按了电梯，她低着头，搂着你的腰时，你叹了口气，表情尴尬。

电梯来了，你强做温情地推她进去，摆摆手，一个人恹恹转回，这时，我应该站出来，用受伤的目光看住你。

我没有。

我一步一步挪下 27 楼，去机场，乘红眼班机，回京。

这些，我不能对余舟说，我得保留你的良好形象，因为我不肯承认自己在你心中的价值抵不住半年的分离。

我关掉手机，拔掉电话，关在公寓里昏睡两天两夜，第三天早晨，你站在我面前，问：怎么了？我找不到你，他们说你回了广州。

我风平浪静，说只是想休息，骗他们说回广州了。

你的眼睛陷得很深，散发着幽寒的光：三天，足够你回广州。

我道歉，说只想好好睡几天。你不再说什么，拉着我出去找地吃饭。嗯，我带你去那家湘菜馆，因为我肯定会哭，却不想让你知道我的悲伤，湘菜是最好的道具。

我果然泪流满面。

当晚，你乘红眼班机回广州，我去送，你拉着我的手，一声声唤我小童小童……

你很内疚，却说不出口，我应该落几滴泪配合你眼中的离愁，可恶的泪腺罢工了，我只能低垂着头，看你的脚，在视线中一步步远去。

当飞机变成了空中的几盏小灯，泪水才从我仰着的脸上缓缓流下。

我庆幸还有半年时间，让我在远离你的北京，宽恕你对爱情的背离。

可，那一幕在梦里与我纠缠不休，让我不得不在黑夜中醒着，重新审视我们的爱情，它生了一场病，留下了伤口。

我曾在深夜里把余舟唤来，扑在他怀里哭，他的怀抱是个巨大的创可贴，温柔地抚慰着我，绅士的不去追溯眼泪的源头。

我和他的身体发生了亲昵，我愚蠢地以为这样就可以和你扯平，在两个月后，欢天喜地地回到广州，如同一切都不曾发生。

他宽博的怀抱让我心生滞留。

他是多么的出色，更重要的是他没有女朋友。

我们的感情像一匹刚刚织完的白帛，没有污点，而我和你的爱情已脏旧不堪,还有一个要命的破洞,我拼尽一生力气都不能彻底织补。

有了去向的心,就不会悲伤。所以,当余舟在首都机场说这一年恍惚如梦让他悲伤时,我环住了他的腰:梦为什么会忧伤?

他抚了抚我额上的一缕发,说:为梦想不会被照进现实而忧伤。

我由此确定,有我的未来是他的向往,他的彷徨不能言表,皆是因了你的存在。

回广州,我暂居一家青年旅社,你我一同供的那套房,我没回。

电你,一起吃饭,在桌子的那端,你端端地看着我,眼角有一抹凄凉,我们喝了几杯酒,然后,我同你讲他,没有什么可羞耻的,被自己欣赏的男人爱上是女人的骄傲。

当然,不能讲我悄悄回广州在门口看到的那一幕,因为我不想让你知道,我和他的爱情开始于你给的内伤。

你开始挽留,说:你确定他比我更爱你?

我吃了一颗杨梅,吐掉核,说,是的,我确定。

你要为了他去北京定居?放弃这份工作?你仿佛为我的未来而担忧,我们公司有规定,内部人员之间有感情纠葛,其中一个必须辞职。

是的,工作没了可以再找,好的爱情,可遇不可求。这句话,已经被无数女孩子壮烈地重复过千万遍了,现在搬出,对你,果然具有足够的杀伤力,我用它们快意恩仇地痛击了你的背叛。

你的目光迟缓地黯淡下去,像渐渐熄灭的街灯,说祝我好运。我说谢谢,和你碰杯,你极没修养的起身离去,连单都忘记了买。

一个月后,我打点好广州的一切干系,拎着一只行李箱飞往北京。

在空港大巴上，我给余舟电话，若无其事地问他忙什么？他笑，语态暧昧地说在想你呀。我说哗……然后笑，收线。

一个小时后，我抵达了他的门前，按门铃。

片刻，门就开了，他仿佛被惊喜弄懵了，呆呆地看着我，身上穿着我给他买的真丝睡衣。我捶他一下：傻了吧？还不帮我拿行李？说着，我从他身边挤进去。

然后我就看见了朱槿，她是总公司派到北京的下任财务监理，此时，她正局促不安地从卧室走出，腋下的拉链张着一半。

我愣，说对不起。转身冲出门，拖起躺在地上的行李箱冲向电梯。

我虚弱地走在街上，指望余舟会跑来跟我解释，事情不是我想象的那样。转过两个街角，我知道，没指望了。

我辞职了，他再也不需要扮情深伤神让我帮他遮掩财务上的纰漏了。

我勇敢地离开你而上演的这场千里奔袭，变成了一场荒唐的闹剧，我不会告诉亲爱的你，你只要记住我完美的勇敢就够了，那些内伤，是我一个人的羞耻。

阮锦姬的黄金三角

是的,阮锦姬就是我,我就是关林生所说的那个臭名昭著的阮锦姬。四年前的一个早晨,他把我从梦乡中揪出来,有些落寞地说:今天我生日。

我揉了揉眼睛,望着被窗帘挡在外面的阳光说生日快乐。

他却突然一把抱起我,像在黑夜里害怕独自往前走的小孩,情急之下抱住了妈妈的腿,在 26 岁生日的早晨,他突然失去了一贯的坚毅与落拓。

我摸了摸他坚硬的脑袋,在脑袋里飞快盘算,怎样让这个早晨与众不同。

我去了厨房,要知道我是个懒散的女人,对厨艺不精到了一塌糊涂,冰箱对我来说只是个可以调节温度的储藏器,花偌大价钱买回的保健锅,我只会用它来煮公仔面或是给送到家就已变凉的外卖加热。

还好,在这个早晨,我找到了四只漏网的鸡蛋,半瓶豆腐乳,连公仔面都吃光了,看着它们,我愣了半天,从没觉得自己做女人做得是这样失败过。虽然我未婚,不必苦修妇道,虽然关林生一再声明,你的任务是爱我或被我所爱,不必把大好的青春浪费在厨房里。

可,我总得有一两样长处,我不在身边的日子里,让他的思念,找到落脚的地方不是?

或许,你们想不到,在这个失意重重的早晨,我做出了举世无双的黄金角。

盯着豆腐乳瓶子发呆时,我看到了瓶身上的商标,几乎仰天狂笑。豆腐乳商标不仅介绍了它的原料以及储存方法,还介绍了一道菜的做法,就是黄金三角,用四只鸡蛋,一块豆腐乳就可搞定。

一刻钟后,当我托着金灿灿、香气四溢的黄金三角踏进餐厅,我看见了关林生的目光,像探照灯一样打在美好的黄金三角上,再然后,他用不到五分钟的时间,消灭掉了它们。

当他心满意足地放下筷子,我可怜巴巴地看着他油汪汪的嘴巴问:好吃吗?

他恍然醒悟地看着我:你没吃?

我眼泪汪汪地看着他:我没想到你能一口气吃掉四个鸡蛋。

他艰难地看了一眼盘子,恨不能把吃进去的鸡蛋吐出来,恢复原样。然后,他像只内疚的老狗,钻进厨房,试图找些吃的填饱我空荡荡的肠胃。

除了四只湿漉漉的空鸡蛋壳,他什么都没找到。

后来,他向我发誓,这是他吃过的最棒的生日早餐,这四只鸡蛋将会营养他一辈子。我喜欢他的表达,比给我吃一万只鸡蛋都要营养都要温暖,因为,我那么爱他。

那一年,我还是个23岁的小女生,走出大学校门不久,就乖乖地跟着关林生回了家。因为他说,只要想起我孤零零一个人回家一个人吃饭就会不放心,这世界越来越险恶,越来越多的色狼穿上了逼真的羊皮外套。

他的爱,那么好,好得让我那么需要,一辈子都要。

就这样,我们相亲相爱。

街边的木槿开了又谢了又开的一年年过去,朋友们渐渐婚了过去,只有我们,还是原来的样子,相亲相爱,看木槿花开又花谢。走在街上,我望着婚纱店说:亲爱的,我穿上婚纱会是什么样子?

他看看橱窗里的婚纱又看看我,说:穿上婚纱,你还是这样子。

我的心情开始变坏,像一只完美的苹果上生了一个小小的斑点。

我故意在珠宝店的戒指柜前徘徊,他一把拽起我:看什么看?多俗气的东西。

我看着他,眼睛开始潮湿,苹果上的斑点又扩大了一圈。

所有东西都有保质期,在时间的长河里,感情是种动态的液体,路过一些拐弯一些跌宕的陡峭,它就身不由己地变了样子。

虽然从他 26 岁生日早晨开始,我每天早晨给他煎举世无双的黄金角,可是,我们的爱情还是变了样子。

他不再担心我去吃饭的饭桌上有没有很帅的男人,也不再偷看我的短信,甚至,当我开动洗衣机,他便用心险恶地赞美说,没有人会懒出我的水平,因为我买了三台洗衣机,一台洗外套一台洗内衣一台洗袜子……

曾几何时,这都是他盛赞我的理由,现在,却成了诋毁的口实。

是的,当爱情炙热,缺点也会化身成特立独行,当爱意阑珊,连优点都成了矫揉造作。

我不能哭,因为我一掉泪关林生就会说,你都多大了,还这么爱玩眼泪。是的,我已不再是那个 23 岁的小姑娘,我 28 岁了,想把持续了五年的恋爱修成正果,可,他不配合。

他不再用手掌接着我滴落的泪要用它们给我穿成一串优美的水晶项链。

早晨,他嚼着黄金三角,味同嚼蜡,说:吃多了豆腐乳对身体有害。

我默默地转了身，刷牙，洗脸，眼泪一串串地掉进水里。是的，在他的生命里，我已成了毒，残害了他的快乐。

勉强捏合在一起的爱情，都是有毒的。

我想知道为什么，却不去问，因为不想承受那么锐利而直接的伤害。其实，也没必要问，有很多爱情不是死于伤害，而是死于亲密无隙的熟悉，有很多厌倦到终老的念想，最终逃不掉被时间残害。

我只是默默地找了房，在某天，当他突然问你收拾衣服做什么时，淡淡说：离开你。

他站在身后，不说话，他抽完了半包烟，我收拾完了行李。

他从背后抱过来，歪着头，看我的脸，有些意外地说：你竟然没哭？

我从他胳膊里挣出来，弯腰，奋力拉上行李箱拉链，看也不看他地说：美好的新生活即将开始了，我为什么要哭？

他垂着手，神情黯然，我知道他有些伤感，但是，在爱情里，伤感不等于爱情可以继续。

而我，又是那么不喜欢苟延残喘。

我打了个电话，等在楼下的工人蹿上来，扛起行李箱，我把钥匙放在茶几上，转身离去。

我多么希望关林生会追上来，攥住我的手，声泪俱下地质问我为什么要这样，是不是我已被别人爱上。哪怕只是虚伪地做做姿态，满足一下我被挽留的虚荣。

可是他没有，因为他那么懂，有很多分手的真正目的是想被挽留。

他害怕弄假成真。

发动车子后，我终于失声痛哭。

晚上，关林生打了一个电话，有些谨慎地问：你在哪？

或许,他把我的出走理解成了吓唬或示威,可他忘记了,我已不再是那个23岁的小女生,我28岁了,应该被人央求着去拍婚纱照被人追着商量婚期。

五年了,这些他都不曾提,我甚至开始怀疑,那个穿着羊皮外套的狼,就是他自己。

他打来电话时,我正在铺床单,崭新的,开满向日葵的床单,我喜欢它热烈奔放又充满了希望的样子。我用下巴夹着手机,懒洋洋地说:我正走在通往婚姻的路上。

他哦了一声,听得出他在竭力按捺着愤怒:好吧。

我也说好吧,就收了线,躺在床上,开始想,找一个比他更优秀的男人恋爱,然后,挽着他从关林生面前走过,他的表情会是什么样子?

可是,可是,为什么我的脸被眼泪打湿?

即使在一起只剩了伤害,也比分手好玩。

我一次次在夜里醒来,看着空荡荡的床发呆。期间,我去赴一个对我情愫已久的男子的约会,我们一起吃了饭看了电影,他提出去他家喝杯咖啡时,我没反对。

他将我的沉默理解成了默许。

可是,他错就错在,不该在试图揽我入怀时得意忘形说:我早就看出那小子没诚意。

他想以此证明自己的见地是多么准确而锐利,而关林生又是多么的道貌岸然不是东西,我愣了一下,直直看了他足有半分钟,推开他。

他有些莫知所以地看我冷着脸、换鞋,然后低声唤我的名字。

我头也不抬地说:对不起,我阳台上还晾着衣服。

说完,我匆匆下楼,连再见也没说。车在暗夜里开开停停,我想起了关林生的好，他从不贬低别人抬高自己，哪怕吃醋都吃得很绅士。

我从未像现在这样悔过，哪怕是被他用不作为冷落也比思念要甜蜜。

我被思念残害得遍体鳞伤。

思念逼迫着我做出了一个选择，我争取到了那个去英国总部工作的名额，确定行期后，我向所有的朋友道别，当关林生打来电话问为什么没告诉他时，我沉默了一会，说：还有必要么？

他沉吟，我不说话，想起了那些俗套的电影情节，当一颗伤痕累累的心决定远行，那个辜负者终于醒悟了自己的混蛋行为，一路疾行，奔来忏悔挽留。

可，他却没有，只是淡淡地说：一起吃个饭吧，让我为你饯行。

我恨死了那些电影导演，他们脱离生活的胡编乱造再一次伤害了我。这感觉，就像在坠落悬崖中得到了一个安全着陆的幻象，你正满心欢喜时，身体却落在了坚硬的石头上，支离破碎。

他订了包间，我执意要在人声鼎沸的大堂，因为在众目睽睽之下，我会尽力恪守矜持，避免失态。

一直以来，在我们的爱情里，他那么强势，我想把最后一点尊严留给自己。

在分手的两个月后，他一点也不憔悴更不忧郁，这显得我在他生活中一点都不重要到了令我愤怒的程度。

菜早就叫好，全是我喜欢的，眼睛有些潮。他看着我的筷子，蜻蜓点水一样掠过饭菜，关切地说：不好吃么？

我没好气，瞥了他一眼：没胃口。起身去卫生间，我得找个角落，让奔涌的眼泪流出来。

我突然后悔应了他来吃这餐饭，那些我渴望的话，他一句也没说，只说你吃东西啊，我记得你最爱生吃龙虾，我垂着眼皮说：最近，我口味改了好多。

他看着我，目光深深的，和我碰杯，我只抿抿杯沿，不喝。在这个夜晚，我想保住破败的尊严，不必借用酒精让他知道点什么以及试图实现些什么。

巡巡回回的服务生不时扫我们一眼，直到埋单，一桌子的菜，还是上来时的模样，只是，已凉如我们冰冷的爱意。

可就在起身离去时，发生了故事：关林生的公事包不见了，落座时，他放在了身后的椅子上。

他有些惊呆地看着空空的椅子，看看我。

我摊了摊手，忽然很是幸灾乐祸，虽然表情紧张。

然后，大堂经理来，服务生被叫过来，再一会，警察也来了，场面一片嘈杂的混乱，也就是说，关林生遭遇了拎包贼。

我从未见关林生这样气急败坏过，因为他习惯把所有家当都装在包里随身携带，在酒店折腾到半夜，依然没有头绪，末了，他像一头遭遇了重创的狮子，垂头丧气地走出酒店，我看了一下高挂中天的月亮，说：要不要我送你回家？

他看了我一会，答非所问说：都是天意。

我懒得听他这没用的感慨，径直开了车子，滑到他脚边，打开车门，看着他。

他看看我，发飙似的折回酒店，旋尔，又跑出来，拎了一柄大大的斧子，疯了一样地砸他车门玻璃，防盗报警器在空阔的停车场响成一片。

我的心一下子凉到了底，他宁肯砸破车窗找到那串备用钥匙也不肯坐我的车子，还有什么能比这更能表明他对我的厌弃？

我冲出停车场，从车窗闯进的夜风弄得我泪流不止，它们迷糊了我的视线，我胡乱开着车子，在街上横冲直撞，不知过了多久，隐约间，听见有人喊我的名字。

我用力揩了揩眼泪，看了一下后视镜，就看见了关林生。他驾着那辆破车，疯狗一样咬在车后。

我终于停下了车子，因为关林生的车子横在马路中央。飞车而过的本领，我没练过。

我跨到街上，顾不上管满脸的眼泪和鼻涕，冲他斯文扫地地大喊大叫：关林生，把你的破车开走！

关林生不恼也不怒，他看着我，慢慢拉开了车门。

天哪，我看到了什么？他的汽车后排座上，挤满了火红的玫瑰，在清朗的月光下，它们开得那样的多情那样的妩媚。

关林生走过来，耸了耸肩，又摊开双手说：只可惜，戒指被偷了，它在手包里。

我的样子一定很傻，嘴巴一定很不雅观地张得很大，因为，关林生一边给我擦泪一边温柔地帮我合上了它：本来，我想给你个惊喜。

你什么意思？我本能地往后退了一步，警觉地看着他。

关林生志在必得地笑了一下，把我拽进怀里：你脾气也太大了，一赌气就要跑到英国去，就不怕留我一个人在国内被人抢了去？

我敢说，这是我所见过的最无耻的求婚，我从他怀里挣扎出来，看着街边的树木，拼命想，怎样拒绝才会更有杀伤力？

可是，为什么我说出来的却是：可是，你弄丢了戒指……

后来的一切，和你们想象的不一样。

十几天后，警方帮关林生找回了他的手包，一切都在，除了戒指。拎包贼拿去向他心仪已久的女孩求婚了，他们相亲相爱，两小无猜,而他,却欠了她一枚戒指。

关林生和我说这些时,我正在教他做黄金三角,我回头看他,说:然后呢?

他说:你想怎样就怎样。

我看着他,慢慢地笑,然后说:也好,至少那枚戒指成全了一个人的爱意,它的使命已完成了。

一个月后,我去英国,关林生为我送机,进安检口时,他喊住我,面色凄清:这是真的?

我说嗯。

你是不是觉得我不够爱你?他追了一步:可是,锦姬,你不会知道,此刻的我,是多么的忧伤。

是的,他从没这样低姿态地表达过感情,是的,他很忧伤,就如我一样,可是,我知道这只是一种别离的忧伤,和爱情没关系。我确定,他待我的好是真诚的,却不是爱了,若不然,他就不会说:你想怎样就怎样。

他后来的求婚,不是爱,而是人性本能,眼看曾拥有过的美好即将易手,他突然有点珍惜有点不舍的下意识反应,只是,突然而已,不长命。

我知,所以,我走。在他说美味的黄金三角有毒时,爱情就已离去。

海岸和水湄的秘密

22岁的秋天，水湄坐在平台上，身边有紫藤的叶子在摇晃，一点点地反射阳光。

哥哥和妈妈，打算让她在这里读书、喝茶，度过一辈子，只有在这里，她不会受伤害。

书读过很多了，而水湄却越来越悲哀。每一次倒残茶，失色的茶叶上，她看穿自己哀伤。

水湄是不甘心的，如果一生中，只能读别人的书，喝别人种出来的茶，她想：我宁肯死掉。

哥哥和妈妈坚持不让水湄出去，因为她口吃得厉害，她只能怀揣上海财经大学毕业证，依附着他们，做不甘愿的寄生虫。

海岸仅仅比水湄大20分钟，他们是龙凤胎。传说龙凤胎是不吉利的，在他们出生之际就已验证过了，爸爸在飞奔来医院的路上，闯了红灯，穿过车轮去了另一个世界。

传说龙凤胎的其中一个会一生潦倒，在水湄和海岸之间，潦倒的那个是她，生理缺陷注定的。

从一岁起，海岸就高出水湄10个公分，然后，一直比她高。

水湄一张开嘴巴，要说的话，只能说一个字，重复不止，像极了一种鸟的单调鸣叫。语言从来不能完整地表达出她的心思，她只能用手捂住自己的嘴巴,泪水就已迷糊了双目。

水湄是自卑的,脆弱的自尊,她用缄默保持。

海岸从没因口吃而摈弃她。他一次次说:水湄,有哥哥,不怕。

童年里,很少有孩子跟水湄玩,所有的游戏口令,她不能顺畅说出,除了海岸,她是个孤单的孩子。

妈妈忙于经营时装公司,赚回钱,带水湄看遍大江南北的医生,治疗她的口吃。

一直看到她 16 岁,那个熟悉的医生对妈妈说:你已经尽力了,到此为止吧。

妈妈看看水湄,没有话说,手指一动不动地按在她的头上,她看到了绝望。

读小学,海岸和水湄一个班,他绝不容忍任何人对她的轻视,曾经有一群孩子,追在身后喊:小哑巴!小哑巴!水湄并不哑,如其说话口吃而令人讥笑,她宁愿像哑巴一样不说话。那么小的时候,她就学会了用缄默保持自尊。

海岸对那群孩子说:我妹妹不是哑巴。

他们还是喊:小哑巴!小哑巴!海岸说:我妹妹不是哑巴!然后,他看着水湄:水湄,你说话,你不是哑巴。她望着他们,眼睛回旋,所有孩子停止喊叫,他们等着看她开口,她想说我不是哑巴,说出来的却只有一个字在不停地重复:我……我……

所有的孩子哄然大笑:小结巴!小结巴!

眼泪在一瞬间滚落,淹没她捂着嘴巴的手指。海岸像暴怒的狮子,喊着:不许说我妹妹结巴!和他们厮打在一起。他那么单薄地陷落在一群孩子的包围中,没有一点怯懦。

那群孩子被他不要命的勇猛吓坏了,他们散去,海岸脸上流着细细的血迹,她呆呆地望着他,海岸抹了一把,说:水湄,谁也不敢说你是结巴了。他用沾满了血迹的手领她回家。

在妈妈回家之前，海岸洗净身上的血迹，还有衣服。

因为水湄，海岸早早地就长大了。

谁都知道水湄有个凶悍的哥哥，从那次打架之后，没人敢喊她小结巴。

报考大学时，水湄报了上海财经大学。财经不需要说太多的话，缄默是最受欢迎的工作态度。

缄默的水湄一直喜欢读书，文字教会她很多东西。

海岸和水湄报同一所大学。水湄知道，他是喜欢体育的，在球场上，他高高跳起，像健壮的大鸟，跳跃如飞翔样辽阔有力，每每扣掉一个球，他就看着她笑，她用眼神叫好，笑是默契，遍布在眼里。

从小学到中学到大学，海岸不曾放弃对水湄的保护，为此他丢掉自己的喜欢和她报考同一所大学。上海的四年，他牵着她的手去食堂、去图书馆、去电影院、去繁华的南京路，一路上，指在他掌心里，快乐用眼睛传递。

在上海，海岸的骨架已完全长开，如成熟男人了，有着与他同龄人不同的眼神，温暖而深厚。而水湄，瘦长的身体，散漫着忧伤的痕迹。

度过了22个春秋之后，水湄不知道爱情的感觉，只是无望地穿过文字，为虚构的爱情流泪叹息或幸福。因为，缄默让她封闭，没人爱上一个封闭着自己的女子。

海岸却不同，在大学里，很多女孩子喜欢他，甚至在食堂，都有女孩子挤到他们桌上，一边吃饭一边媚笑着看他，或有女孩子去他的寝室搜罗脏衣服。

只是海岸无动于衷。水湄喜欢其中某个女孩时，就写在纸上：她不错。海岸把纸拿过去，轻轻揉成一团，丢在身后，拉着她的手，走开。

22 岁的海岸拒绝爱情,与水湄内心渴望却不曾来的不同。

转眼间毕业就来了,他们回出生的城市,妈妈去大连发展生意,她说水湄和海岸都成年了,应该学会照顾自己。

海岸去一家电器公司,而水湄,被一家家公司拒绝,没人愿意录用一个面试时就口吃到辞不达意的女孩子。那时,水湄无法用缄默保持自尊,为了证明自己的能力,她只能一边口吃不停地说,一边被他人讥笑的眼神一次次粉碎了自尊。

每一次,水湄拖着破碎的自尊走在回家的路上,眼泪流在心里。

她的自尊所剩无几,她破碎的心,海岸能从她眼睛里看见,他阻止水湄继续找工作,握着她纤长而冰凉的手,心疼地说:水湄,留在家里,哥哥养你。

水湄望着他,哀伤倾泻而出,他知道的,她多么不愿意丢掉生存价值而活下去,从小如此,不然,她就不会以优异的成绩考进上海财经大学。

只能这样了,即使她不情愿。继续出去找工作,对于水湄,除了自寻其辱,其他几率,等于零。

那段日子,海岸在平台上种上紫藤,坠上吊椅,买来一箱一箱的书。从此,平台的紫藤,一杯清茶,还有读不完的书,将是水湄的全部。

下班后的海岸,扔掉鞋子冲上平台,张开双臂说:让哥哥抱抱。他的怀抱那么温暖,她是他缄默的小兽,温柔而犀利。他说话的声音,在于她,是最祥和而温暖的天籁。他说,你在一块上磁板写,应对他的话。写完了,翻给他看,然后滑动擦杆抹掉。

缓缓滑动的擦杆,滑动着水湄的哀伤,除了读书,她的生活一片苍白,带着略微的苦涩,像茶的第一道。

一天,水湄读小仲马的《茶花女》,泪水淹没她的心灵与眼睛,她问:海岸,你告诉我,真实的爱情是什么感觉。

海岸略约停顿:就如我对你,爱你,就是感受你疼,然后自己更疼。

她悲伤地说:海岸,我不会有爱情了,等你爱了,让我分享你的幸福快乐,好不好?

海岸的眼睛看到很远很远,她找不到他目光停落的地方。

周朗来,水湄正在平台读书,欧式的铁艺门没有关,他牵着蝴蝶样的女孩进来,他们出现在平台时她被吓了一跳,他说:海岸不在吗?

她起身,摇头,给他们拖椅子,倒茶。然后拿起磁板,写:海岸半小时后回来。女孩坐在她的吊藤椅上摇晃,明媚的快乐,她从没有拥有过,周朗和水湄说话,水湄用磁板回答他,他微笑着读或答。

周朗是海岸的大学室友,在上海,他们见过很多次,聊天中,水湄知道周朗开一家不大的贸易公司。

周朗忽然问:水湄,你好吗?

她在磁板上写:好。迟疑片刻,在好后面加上了"?",翻给他看。

周朗说你应该很好。

再一次翻给周朗看,周朗眼里有了暖暖的疼惜。

她在磁板上写的是:一条会思考的寄生虫,她会幸福吗?

她再写:我看见生命像水流,慢慢地流过指缝,而我一片苍白。

周朗说:水湄,你愿意去我的公司吗?做会计。

她盯着他,写两个字:怜悯??????

周朗告诉她这是需要,水湄在磁板上写:我几乎是个哑巴,你不怕别人说你的公司请不起人,要请一个残疾人么?

周朗最后一句话感动了水湄,她就决定去了,他拿过磁板,飞快地滑动:缄默不等于哑巴,许多的人滔滔不绝不如缄默。

水湄抱着磁板,泪在眼睛里摇晃。没有人知道,她是那么渴望流利地表达自己,哪怕表达完一次就死去。周朗不会知道,海岸不会知道。

女孩喊了周朗去看紫藤上的花蕾,一串串,像紫色的水晶。她想摘一串点缀在坤包上。她指着水湄,悄悄对周朗说:你去问问她,可以不可以?

如同她是个哑而聋的女子。

海岸出现在平台上,替水湄回答了他们:不可以。他不能容忍别人对她的轻视。

水湄对他们笑笑,在磁板上写:摘下来,花会疼的。女孩撅撅嘴,大约鄙夷她的矫情。

海岸带他们下去,水湄抱歉地笑笑,缄默的生活已使她学会让自己适度从容,尽量少参与别人的流利,她不想从别人脸上看见同情以及自己的窘迫。她自尊脆弱,讨厌垂怜。

不久,从楼下客厅传来海岸的声音,逐渐高上去,他说:水湄不需要工作,假如这是你的怜悯,我先替她谢了。

然后是周朗:海岸你自私,水湄不是你的私有财产,她应该有自己的生活。

他们吵起来了,水湄站在平台的门口,穿过楼梯看见他们愤怒的头顶,倾听他们的争吵,泪流满面。

她抱着磁板出现在客厅里,写着:这是我自己的生活,我去。

海岸黯然下去。

周朗微笑,说:海岸,这是水湄自己的选择。是的,尽管妈妈给了她优越的生活,但她想要自己选择。

平台上,水湄看远去的周朗,走出铁艺门之后,女孩子开始和他争吵,她想:内容是关于我。

晚上,海岸只问了她一句话:水湄,你真的去么?

磁板上,清晰地写着:是的,我去。

如果我是一只鸟,我要拒绝用华丽的笼子表达的爱。

周朗的公司不算大,在起步阶段。水湄的办公室很小,桌上有一台电脑,还有碧绿的观叶植物,花盆的一侧是一块崭新的磁板。水湄对他笑笑,算感激。

他的办公室与水湄隔着一扇磨砂玻璃门。

这样简单的账目,对于她,简单到轻松。

中午,去18楼公共餐厅,周朗问:你喜欢吃什么?

水湄写在磁板上:沙拉加米饭。

吃饭时,周朗忽然拉住她的手,说:水。水湄瞪着他,他重复:水。我说:水……在第二遍水还没来得及出口之际周朗捂住她的嘴,又说:果。松开手。我说果,他的指又捂上来。

水湄甩掉了勺子,周朗捡起来,盯着她:水湄,片刻的自尊丢失,会让你以后不再用缄默保持。

她一边哭泣一边吃饭,海岸从没有让她这样狼狈。

周朗常常钻进来,不让她用磁板,一边说话,一边用手捂了她的唇,一个字一个字地蹦。慢慢地,从他火热的指上,有一种温情悄悄地逼近了心灵。

海岸很多天没有和水湄说话,她下班,他在平台上读书,不看她,她用磁板告诉他我很快乐。他不看。她就一个字一个字地往外蹦,说一个字就捂上自己的嘴巴,她说:我——很——快——乐。

他吃惊地看着她,那些日子,水湄的脸上充满阳光的普照,红晕泄露隐秘的快乐。

那天,水湄听见外面有女孩子的争吵穿过玻璃门,她说:周朗,凭什么你说爱就爱,说不爱就不爱了?

周朗声音平静:爱情就这样,爱就爱,不爱就是不爱了,不需要理由。

女孩说:我需要理由。

那我给你编一个。有东西被摔碎,然后是摔门。幸福袭击了水湄,像电流,瞬间流遍了身体。

她想:这就是爱情的滋味。我爱周朗。

周朗求爱,站在月光下,他一遍遍问:水湄,你爱不爱我?

她拉过他的手,在掌心慢慢写:爱。

然后,把自己丢进他怀里。

爱情,原来是一种让人忘恩负义的东西。有了爱情后,水湄很少在意海岸的情绪,周朗送她回来,他们在平台上,相互握着手指,用眼睛说话,幸福像水缓缓流过她的心底。海岸就在客厅放音乐,声音大到几公里外都能听见,她和周朗相视一笑,缓缓起舞。

音乐戛然而止,海岸站在平台门口,他看周朗,眼里是冰冷的敌意:周朗,你真的爱水湄么?

周朗拉着她的手:水湄,我们走。

海岸拽她的一只胳膊,两个男人的拉扯之间,粉碎的不只身体,心,一点点落下来,像风中的紫藤花瓣,细微的疼,一点点蔓延。

水湄是硬狠下心跟周朗走的,街上,周朗说:水湄,我真的爱你。

她在他的掌心写:我是个结巴。

周朗拥抱她:你是我缄默的公主。

海岸疯狂地追上来,扯住了她的手:水湄,你跟哥回家,你不知道男人是种什么动物,你跟我回家。

她相信周朗,就如相信爱情本身,是一个鲜花盛开的美丽天堂,满耳都是幸福的爱情花开的声音,海岸的声音,像一阵阵的风,无所谓地穿过了耳道，被风丢在秋季萧瑟的街上。

他们飞快地奔跑，穿越一条街又一条街，直到身后，再也没了海岸的声音，爱情迷住了她的声音堵住了她的耳朵。水湄在心里默念着：哥，对不起。对不起。

这个夜晚，幸福击中了身体，月朗星稀的夜晚，水湄看见了周朗的泪，他说：水湄，这么多年，我一边不停地用恋爱排遣等你的寂寞一边爱你。水湄一边流泪一边接受他的爱，轻盈如飞的幸福。

次日清晨，周朗送她回家，希望取得海岸的原谅。

家很静，静静的晨曦撒在地上，窗台上的菊花散发着幽静的苦香，水湄散开手，叫：哥……

没人应，家，静得让人有些惊恐。

她打开了所有的门，每个房间都安静而空旷，她的心，开满了一种叫做惶恐的花，把她的心，拥挤得什么都装不下，她开始在每个房间里窜来窜去，喊着海岸的名字，她的声音，竟在此刻开始变得流利。

海岸死了。

在昨天追逐他们的路上，在穿越街口时，一辆闯了红灯的大货车，驶过了他的身体，他喊了一声水湄的名字，就缓缓地倒了下去，在秋日萧瑟的街边，开成一朵艳丽而凄美的花朵。

而他们，正被爱情的幸福包裹，听不到这个世界的声音，包括街边人的尖叫，还有刺耳的刹车。

水湄去看他。在医院太平间，他那么安静，面上有一层白色的薄薄冰霜，他破碎的嘴角，还是笑的模样，他说过多次，水湄，你不要嫁，我怕你会受到伤害，没人会爱一个说话只能单字蹦的结巴，哥哥会照顾你一辈子，哥哥发誓。

可是可是，海岸，我的哥哥，你不知道爱情有多大的魔力，它会让人丧失理智，可是，可是，海岸，我的哥哥，不是所有男人都有一颗爱情不专的心，你可以不相信男人，但是，请你相信爱情……

可是可是，我说了那么多，我的哥哥，海岸，你再也听不见了。可是可是，我的哥哥，海岸，你听，我说得是如此的流利，你却听不见了，也不能答。如果在以前，你一定会快乐地傻笑，是不是？

没人知道为什么，水湄再也不爱周朗了，那么好的爱情，说不要，就扔得轻如云烟，为什么她会听不见那一声刺耳的刹车，为什么她会听不见街边的尖叫？为什么她没有及时停下奔向爱情的脚步？如果她能够，现在，她的哥哥，海岸，一定正在望着她，开心地大笑。周朗和海岸都给了她爱，可是，他们的爱，却让她变成了罪人，她不能，不能要了，哪怕不再有人如他那般爱她。

青春仿佛因我爱你开始

爱恋，等待，寻找，这些词汇，被一个 8 岁的孩子痴缠，或许，是种不足以取信的情怀，于我，却是千真万确。

8 岁的夏天，那个英武的男孩立在我的面前，认真地问：你长大后会不会嫁人？

我说不知道。

小龙望着一只掠过天空的飞鸟：你不要嫁给别人。

我很用力地点头：那么小龙你长大后会不会娶别人？

9 岁的小龙边跑边说：我娶你。

然后，小龙就远离了，岁月拽着我离 8 岁越来越远了。小龙，不知其踪，他们说小龙随母亲去了很远的城市，那里有冬天不结冰的海，那座城市的冬天总是有雾，所有的树木的枝梢上挂满晶莹的露滴，好像是哭泣着醒来。

十四年后，我站在这座传说中的城市中央，分辨每一张流动的脸，小龙，没有任何一张面孔符合我对你的想象，我总是一个人，握一瓶水坐在繁华闹市的街口，脸上写满了期待。

他们都说，诺言是用来表达当下的，不是用来兑现的，可是，诺言于我，是梦，美得像一张奢华的老照片。

那些支离破碎的信息，被我拼成找寻的地图，你的方位，成了我活动范围的坐标，在坐标附近找一份工作，在坐标附近租房居住,大把大把的光阴,被我洒在街上,用来期待与亲爱的小龙不期而遇。

有时候,生不逢时的相遇要比不遇更是悲凉。遇见你的刹那,我听到了花开的声音,瞬间之后,是火炙瓷器的声音,细碎的裂纹在我的心里膨胀伸展。

我的小龙已是青苍男子,像高高的白桦挺立,身边还有柔媚弱柳相依的她。

她是美的,美得令我深陷自卑,只能眼睁睁地看着远处的街道,任凭泪水将我打湿。

小龙,你不要谴责我卑鄙,是的,我跟踪了她,甚至报了她执教的那所瑜珈馆的班。她总是表扬我是最佳潜质的瑜珈学员,因为我每晚必来,目不转睛地看着她,竭力地把每一个动作完成到尽善尽美。伊始,我缺乏训练的关节很疼,疼得让我落了泪,她跑过来,温言相慰,我的泪更是汹涌,因为她的温柔与善良,她为什么要这样好?好到令我绝望。

其实,我参加她的瑜珈班,只是为晚上 9 时离馆时,看见小龙你端端地站在馆外的路灯下,直直地望了门口,有那么几次,我恍惚着幻想成你是在等我的,满面笑容地迎过去,近了近了,你恍惚着疑惑的目光让我腾然醒来,赫然面红,埋头疾走。

不走又如何?难道要冲上前去,大声疾问你是否记得一个叫冰儿的女孩?哪怕得到的回答是一个拼命搜索记忆的表情,我脆弱的自尊都会轰然倒塌到不可收拾。

此刻,我是多么地痛恨成长,它让你已认不出我就是昔日的冰儿。

夏天去了秋天走了冬天深了,我的瑜珈已练到出神入化,可以把身体任意折叠成我想要的样子，她甚至玩笑着说她这个教练该退役了。

我笑，真的希望她退役，但，不是从瑜珈馆，而是从小龙你的爱情中退役。

做瑜珈时，我喜欢长久地把脸埋在膝上，冥想年少的小龙，他眼神清澈，皮肤白皙得干净，久长的时光一点都没有把他弄模糊，那么，小龙，你是否记得那个叫冰儿的女孩子？你夸过她漂亮，喜欢和她趴在矮墙上比赛讲故事……

瑜珈真好，让我的心静如一湖春水，波光粼粼里全是过去的我和你。

哦，小龙，你不见了，像她脸上的笑容一样消失得无影无踪。当我离开瑜珈馆，馆外的台阶空空荡荡的，空得令人心慌；教练的脸，像经过了一场瓢泼大雨的洗涤，明媚的笑，被清洗得了无踪迹。

中场休息时，大家唧唧喳喳地窃语教练失恋了，没人去求证，她茫然感伤的神态，足以说明所有问题。

我静静地观望她，心被窃喜击中。

然后，我找到了你，小龙。你家住海边，你安静地坐在海边垂钓，望着海面，仿佛置身世外。我在你身边坐下，或许，所有人都以为，我该飞快向你剖白身份。

不，我只是静静地坐在你身旁，呼吸着你身边的空气，或许，它们刚刚进入过你的身体。

你歪着头看我，微微地笑：我见过你。

我笑：在瑜珈馆门口。

你继续微笑：她让你来的？

我摇头，指了指脑袋。

你转过脸去，持续的安静有些漠然。

我在小龙身边坐了一周,彼此始终不言不语,小龙,你终于难以承受这无语的窒息,轻声说:如果你来,是为了让我向她道歉,那么请回吧。

我摇头,说真的不是。你很奇怪地看着我,尔后,我知道了一些细节,那些细节让我知道,你再也不是那个眼神清澈的小龙了,你善于游戏,约会另一个女孩子时被她撞上。你们的爱,像落地即化的飞雪,再也无法收拾。

我伏在膝盖上,看你,不停地看你,看得自己泪流满面,不是为你和她的爱情,而是为那个纯净的小龙终于破碎而哭泣。

你不知,所以,你漠然地要我不必见怪,男人天生就是这样子,花心是男人随身携带的病菌,只是发作的早晚而已。

小龙,小龙,你的话,让我的心刹那间变成冰封湖泊。有冷冷的风飕飕而过,自此,我再也无梦了,无梦的青春是多么的荒凉,所以,我站起来,对你大喊:我恨你!

你无所谓地看着我,笑笑,摆了摆手,望着海面的浮子。

阴郁数日,小龙,我放不下你,因为我不相信那个眼眸纯净的小龙会突兀间变得这样无耻。

我去海边找你,你不在。

我去你家附近转悠,期望可以遇见你,终于遂愿时,你定定地看着我,歪着头,似乎在拼命遥想一段模糊的记忆,然后,咧开嘴笑了:你是不是看上我了?

你问得好生无耻,让我除了瞠目结舌不能再有其他表情。既然这样,就让我和你一道无耻吧。我说是的,我看上你了,打算泡你。

你坏坏地笑着,像猎人看自愿坠入陷阱的猎物那样地笑。

你好像很闲,无所事事,在大街上走来走去,你会捡起一块别人扔落的果皮,会帮一位走失的老人寻找回家的路,你总是望着湛蓝湛蓝的天空说:天空多好,阳光多好。又看看我,闷了半天才说:像你这么傻,不好。

你坐在街边,和我讲你的童年,当你说起那个叫冰儿的女孩子时,我哭了,稀里哗啦。你觉得我不可理喻,我站起来,转向一面玻璃幕墙,发现自己哭得很难看,等我转过身,你已不见了,那张休闲椅上坐了一个衣着邋遢的流浪汉。

很多天了,小龙,我找不见你,找不见你的黄昏,我去瑜珈馆,试图在舒缓的音乐里想起你。

瑜珈馆换了教练,是个修长飘逸的男子。我总是走神,很想知道她究竟去了哪里。

休息的间隙里,我问了很多人,他们都说不知道,看来,恋旧在这个时代已不再流行,而我不停地追问显得有些偏执。

好在新教练欣赏我的偏执,说执著地怀恋美好事物是瑜珈的宗意之一,他帮我找到了她的电话。

犹犹豫豫的一周过去,我不知是否应该拨通这串号码,也不知拨通后的第一句话该说些什么,是伪装关心她的现在?还是直接问她是否已与你旧好重修?

这些,皆非我所长。那张记了电话号码的纸,终是被我握到字迹模糊,小龙,你和她,都成了我心头的谜。

小龙,为了找你家电话,我披荆斩棘,可,终还是找到了。

拨通你家电话,你的消息令我震惊,我泪流满面地呆在了那里,小龙,上帝怎么可以这样残酷?

小龙,你得了绝症。医生说你最多还有半年的日子,我忽然明白了你的绝情你的花心你的玩世不恭,其实,你只是不想让每一个与你有关联的人记得你的好。

因为你懂得,那些永不回头的好有多么残忍的杀伤力。

小龙,我根据你家人提供的地址去找你,远远地。我看见愈发消瘦的你在对她发脾气,你让她滚,说看见她就恶心,可是,为什么有那么多痛楚在你的眼神?

她哭着跑了,像受了重创的孩子,这时,我该冲上前去,告诉她所有的事实。

可是,小龙,我想留一点时间给自己。

我站在冬天的街角,让凛冽的寒风吹干了泪迹,然后,满面笑容地走向你:小龙。你断断不能明白,我竟呼出了你的乳名。

你惊异地看着我,我像十四年前那样,站在你面前,仰着头问:那么小龙你长大后会不会娶别人?

你的眼神开始恍惚,然后,我看见了泪水,开始在你苍白的脸上缓缓漫步。小龙,我的小龙,那些幡然醒来的记忆,终于让你伪装的冷酷不能持续。

让她陪你上天堂，我陪你下地狱

不记得从哪年起，我喜欢起了秋天，而我又那么怕冷，怕得想在冬天化做茧子，不吃不动的一口气把春天睡出来。

可是，这一年的夏天那么长，韶关路上的银杏绿得让人惆怅，我喜欢它们黄灿灿的样子，像蝴蝶的翅膀轻盈落肩，仿佛在聆听我的喘息。

程小眉来找我时，窗外的木槿正开得欲望张扬，她敲了敲门，望了我片刻，微风掠水般的笑容，缓缓绽放，尔后热烈：艾暖暖！

我微微地怔了片刻，拼命地在记忆深处给这张似曾相识的脸找一个熟悉的名字。

我不知所措的表情让她有些尴尬：25 中……我们为月季是不是玫瑰吵过很多次。

记忆的闸门，豁然开朗。

在这个闷热的下午，我们说了很多话，看得出，她对我比我对她了解得多，我说话时，她总在笑，和过去的程小眉一样。那时，她是老师嘴里的优秀生范本，尽管我们总是不服气地试图从她身上挖掘出些许瑕疵来宽慰自己。事实却是，我们越挖越丧气。一直以来，她完美得让人自惭形秽，样子可人，脾性柔顺，很少没原由的和人热络，像密封的优美宝瓶，安静在一隅。这些年来疏于联络是我从没想过要和她做朋友，倒不是她有什么不好，而是，和她在一起,我就会被对比得一无是处。没人喜欢被否定,哪怕是隐性的。

之后,我带她看了康复病房。晚上,她执意请饭,在木栈道内侧的河豚馆,等菜间隙,我问要来住院的是谁,惹她这样隆重?

她细长的手臂在桌上支成优雅的 A 字,我留意了一下她的指,葱茏光洁,没有戒指套过的痕迹。

她的唇轻轻颤了一下,慢慢给我讲了绝世好男人腾子峻的传奇。

要住院康复的,是他的妻,三年前的一场车祸,使她变成了一株静静的植物。腾子峻痛断肝肠,对她的爱,不曾有片刻停止,每晚给她做按摩,讲故事,总希望她会突然间醒来,张眼问他:亲爱的我这是怎么了?

我被这个故事感动得一塌糊涂,竟泪眼朦胧地说:若有人这样爱我,我宁愿变成植物人。

程小眉呵了一声,沉沉地望了我说:很多女孩子追过腾子峻,他不为所动。

我盯了她,玩笑道:你是不是这很多女孩子之一?

程小眉很庄重地瞪了我一眼:那会是我的风格?

我笑,乘人之危地爱上别人的丈夫,不是她的风格。何况,腾子峻是她上司。

她不仅做不来与道德相背的事,也更做不来令自己鄙视的事:下属爱上司,容易让人浮想联翩。

一周后,腾子峻来,驾着一辆威严的黑色车子。第一眼,我看到了他的发,白得触目惊心,他用深邃而忧郁的目光,久久地打量病区。程小眉随后从车里钻出来,对我笑了一下,然后对腾子峻说了句什么,腾子峻的目光才缓慢地移到我脸上,很是寥落地笑了一下。

从那天开始,我无法忘记他的目光,像悠长而潮湿的隧道,开凿在我心里。

那个绵软的女子,熨帖地被他抱在消瘦的怀里走向病房。他为她抚平床单上的每一个细小的褶皱,为她梳理稍微散乱的长发,眼里装满了疼惜的光芒。

当他的目光离开这个女子时,威严得像一头沉默的狮。

这一切,我不能忘记。

他在每个黄昏到来,坐在床边,握着她的手,说一会话。隔着玻璃,没人听见他说了什么。我的心是潮湿的,这是我所见的最好的爱情,像乱石丛中的一颗金子。

程小眉也会来,坐在我桌边。我去病房时,她就端详那些被我划掉的日期。它们是我的敌人,阻挡了秋天向我逼近。无聊时,我用墨水一个个地消灭它们。

我们也一起出去吃饭逛街健身,说很多话,但是,我们永远成不了闺蜜,也没有这个愿望,因为我们都清楚,在大多时候,分享秘密其实是一腔热情地为自己培养假想敌。我们只是寂寞孤单而已,充满了机警的戒备。

我从不问程小眉为什么30岁了还和爱情井水不犯河水,程小眉也从不提醒我不要错过结束单身的机会。

我们总用感叹的语气说着腾子峻,用惜之又惜的口气说他的妻。

她表情平静,我亦不给她看见内心的涌动。

以临床常识,我明确知道,腾子峻的妻,能熬过这个冬天已算奇迹。我更不会告诉她,腾子峻从病房出来后,便会坐在我对面,久久地发呆,在一次值晚班时,我把他叫过来,请他坐,并给他冲了一杯咖啡,然后看着他,想那句话该怎样出口。

他却摆了摆手,然后指指自己的胸口,表示我所欲说,他已明了。

我走过去,把手扶在他肩上,想给他一些安慰,他却突兀地抱住了我的腰,将脸埋在我的身前,我一动不动地张着手站在那里,那十几分钟,我的内心,战事频繁。

他松开了我,低声说对不起,我的白大褂湿了一片。

我的心,被浸泡得一片柔软,我多么想揽他在怀,轻轻拍着他的背,说哭吧哭吧,如果哭能驱逐你内心的疼痛。

我是个有些冷漠的人,因见惯了生老病死。可是,绝世好男人对我,还是有着不能抵御的杀伤力。

怕亵渎了这份完美的爱情传奇,我什么都不能说,也不能让他读透我的心,在他面前,我只能做一个充满人文关怀的好医生。

可是,我又怕,怕的是什么,我也不知道。

夜里,我曾想,程小眉是不是因为腾子峻才搁浅在爱情岸上的?

一起吃饭时,我迂回婉转地刺探她口讯,她瞪着眼睛看我,手里的刀叉久久停顿在那块七分熟的牛排上。见我看得认真不懈,半天,才口气庄重地说:我只有敬重。

我就识趣收了声,不想被她看成是小人之心。

秋天,迟迟地深了,韶关路上撒着零星的细雪,我竟然在恍惚中错过了满街的秋叶,当最后一片银杏叶飘飘摇摇地坠落时,腾子峻的妻在他怀里走完了生命历程。

车子载着满当当的哀伤绝尘而去,眼泪慢慢爬上了我的脸,然后,我给程小眉发了个短信,她没回,打电话过去,听到的,竟然是哭泣,她抽抽搭搭地说:我们失去了一个完美的童话。

我不能让她看出,我的惋惜背后,藏着一个阴险的:终于……

尔后的一个月,我失去了腾子峻的消息,白雪覆盖了北方的城市，或许，在他心里，我已如落叶，被时光遮蔽，一个不曾与之发生过爱情纠葛的女子，不会被男人铭记。

失望容易让人寂寞到无助，给程小眉打电话，她忙得连和我说话都断断续续，被寂寞追着的女人总是容易忘记同性间的友谊是多么的靠不住，于是，我去唱歌，独自一人在包间里唱啊唱的，我喜欢信乐团的歌，每一首，声声句句都像撕破的锦帛，裂在心间。

腾子峻的电话就是在我唱歌时打来的，只是音乐覆盖了手机铃声，等我发现时已是深夜。望着那串未接来电，我摔了麦克，它碎了，支离破碎的零件散在脏乎乎的地毯上，为此，我被服务生团团围住，我不能忍受他们几近敲诈的无耻索赔，他们便不让我顺利脱身。

我像身陷狼群的兔子，给腾子峻电话。

半小时后，他像从天而降的英雄，将我救出魔窟。

我坐副驾驶位置，眼泪满上了我的脸，他伸手来揩，柔情而温暖地停留，我顺势将脸埋进了他暖暖的掌心。

车外，雪在无声地坠落，像大而轻盈的羽毛。

我的脸，埋进他怀里；他的唇，覆盖下来。

我找不到自己了，像今夜的城市，被厚厚的雪，温暖地拥抱在怀里。

在30岁的冬天，我拥有了绝世好男人腾子峻的爱情，我总是一遍遍对他说，遇到他，是上天对我的恩宠。他微笑着看我，深邃的目光里，有淡淡的忧愁，修长的手指，轻轻抹过我的脸，他未说过爱我，我亦不引诱他说。

我怕他说那三个字时会想起故人而难过。

我拼命温柔，对他展现生命中最美的繁华，可是，我又知这是多么的徒劳，在所有的爱情中，没人赢得了意犹未尽的怀念。

我羡慕并嫉妒那个死去的女人。

所以,我从不对他过去的生活表示好奇,因为害怕他追忆,怕在他的追忆中我便逊了色。

有时,我会说起程小眉,他总是静静地抿着嘴,听我说经年前的那个完美女生,从不插嘴,像在认真聆听一个久远而与他无关的故事。

每每听完一个桥段,他会一根一根地数着我手指说:你的心里盛满了阳光。

像所有的女子一样,我是多么钟爱赞美,特别是心仪男子的赞美。他总说像你这样心底无私地褒奖同性的女子不多了,太多女子想成为他人眼中的凤凰,却最终成了孔雀,开屏之后,禁不住一个转身的袒露。

我感激程小眉,没她,便没我与腾子峻的现在。将这话说给他听,他就笑,用嘴角笑。

我说改天一起请程小眉坐坐,他还是笑,催急了,就说过几天。

过了很多个几天,他还是说过几天。

我忽然不安。

不见光的爱情是危险的,所有伤害都可以来得理直气壮。意识到这点,我便常常电腾子峻,约会时亦不再刻意避讳他人的目光,时不时地发柔情短信,我要让全世界知道,他的爱已归了我,而不是一件无主的宝,谁都可以肆无忌惮窥测之。

世间所有痴狂的爱情,都充满了假想敌,我不能脱俗。

假若,程小眉是假想敌之一,我亦希望她闻声而退。

然后,我端详腾子峻,想从他的反应中窥出敌情端倪。

他的泰然如往让我心下松弛,可见,揣测是种多么令人不堪折磨的情绪。我欢天喜地地打算把爱情公示再进一步。在冬日深处的某个中午,我在他楼下的西餐厅订了位,然后,揣着满心的温暖浪漫踏进电梯。

他正在会客室接洽客户,程小眉接待了我,她是他的助理。

见我,程小眉先是一愣,很快,便给我看了她完美而温暖的笑容,抬眼看了看时间便说:你怎么会有时间来找我?

我正要分辩,就见她飞快地拎了手包,对旁边人说:我老同学来了,麻烦代我和滕总说一声,我提前告退半小时。

说毕,不容我多说,满面热情地扯了我的手:这些日子,我正想约你吃饭呢。

她用秋水盈盈的目光笼罩了我,那么真诚,那么恳切,让我不忍拒绝,只好讷讷地看了她,虚情假意道:呵,这么迫切,想必有好事要和老同学分享吧。

她眉毛一扬,说,那当然。

电梯就来了。

那天的程小眉有些反常,去餐厅的路上,她一直不停地说话,与她以往的淑女风范牛马不相及。很久很久的后来,我终于明白了她的聪明。

我们终于隔桌而坐,程小眉挑着眉毛,有些内疚地看了我,说:艾暖暖,我向你隐瞒过一件事,我要向你坦白并请你一定要原谅我。

我尚回不过神,有些不明所以地看了她:不会吧?

她羞羞地笑了一下,说真的,请你一定要耐心听完,不要嗤笑我。

我笑,被人忏悔是种多么好的尊重,何况,细搜过往,她真的不曾做过任何伤害过我的事。我抱着柠檬水,温温地笑着,看她。

她仿佛斟酌,仿佛需要好大勇气,才慢慢地说了那句掷地有声的话:其实,我和腾子峻好了五年了。

仿佛仿佛……我终于体味,兀然间被晴天一声霹雳击中的滋味,我说不出话,只能用越睁越大的眼睛,望着她。

她愧然地笑了笑,低着头,抚弄手里的水杯。慢慢地,我知道了一个故事的肌理:五年前,她与腾子峻有了故事,他的妻渐渐闻了风声,她找程小眉谈过,但毕竟没有事实被握牢,程小眉便抵死了不承认。而腾子峻的妻虽然表面上信了他们是清白无辜的,私下里却常常跟踪腾子峻,车祸就是这样发生的。事情发生后,腾子峻非常内疚,发誓要医好她,不再荒唐。

可,上帝没给他赎罪的机会。

我说,程小眉你为什么要告诉我这些?

程小眉突然哭了,薄薄的肩一抽一抽地抖动:我怕终于可以爱了时他却已不再爱我。

是的,这个时候,我应当哭才是,可是,为什么,我的心,又冷又静?

我平静地看着她,没有去安慰,觉得这一切都太像阴谋。在任何时候,她总是那样从容,懂得有备而来,从不让自己身处被动。就如今天,她将先说的机会留给了自己,在所有的前情面前,我就成了不道义的窃情者。

我看着她,很多话不知该怎么说,我还想知道很多,却不知该怎么问,才能不失态。

菜上来了,没人动,她求救似地看着我:我该怎么办才好?

我叉起一块比萨,慢慢嚼,可是,我的喉咙被堵住了,怎么都咽不下。

这五年,我把青春都等没了,要怎样才能让他像从前那样爱我?

妈妈说,示弱其实是女人最锋利最有效的武器,可是,我一直没学会用它。我摊开一张餐纸，吐出了那口比萨，迅速包好，它的样子太狼狈了，不能给人看见。

她擎着刀叉，可怜巴巴地看着我，我笑了笑：你不需要怎样做，他是绝世好男人，不会辜负你的。

她突然说谢谢，然后泪如雨下。我说下午有会诊，起身告辞，程小眉起身去送，被我按下：这么美好的午餐，你要把它吃完。

出了餐厅，我给腾子峻发短信说程小眉在楼下餐厅等他，按完发送键，我回眼张望，落地窗内的程小眉正出神地张望我的背影，一脸寒冷。

我庆幸自己不曾开口陈情，能把失败搞得干干净净也是一种骄傲不是？哪怕她的赢我的败只是心照不宣，从战场下来的失败是挣扎到死相难看，未战而退是不屑，后者，更有尊严。我留住了它。

是夜，腾子峻频繁敲门，我不开；他打手机，我不接；他发短信，一条接一条地发，我不读；语言是钥匙，会打开所有封闭得不够坚决的心门。

我一条条地删未读短信，他的声音从门的缝隙钻进我的心，他说，自他的妻出了车祸，他与程小眉就结束了。

可，那是他一个人的结束。五年来，那场情事一直茂盛地生长在程小眉心里。

一个长长的黑夜，僵持成了过去。早晨，打开门，我看见了憔悴的腾子峻，他说：可不可以请你陪我去染发，我要面目全新地对你说我爱你。

我不敢看他，怕眼泪会说我爱他。

他跟在我身后：我穿越了地狱那么长的黑夜来求爱。

我扫了他一眼：她会陪你上天堂。

他一把捉过我的腕:不!我要你陪我下地狱。

程小眉主动请调去公司的济南分部,临行前,给我打了电话,说:他宁肯陪你下地狱也不要我能给他的幸福,那天,在餐厅的事,我很抱歉,也很后悔。

我说没什么,她用鼻息轻轻笑了一下:我后悔让你看到了我人生中的一个破败残迹,你知道,那不是我的风格。

末了,她说,我很好,不必同情我,你没错,也不必请求我原谅。

我说知道,希望她以后会很好。她笑了笑,不置可否。

次年春天,我收到了她寄来的结婚礼物,附言中,她感谢我使她解脱,因为她终于明白,不是腾子峻无情,而是,横着一条生命的婚姻,注定远离幸福安宁,不如,早些放手。

辜负

春天远了,夏天去了,秋也走了,冬也残了,季节轮回了八圈,叶娣再次见到了梁景,在细雨霏霏的街上,她擎着伞,呆呆地看他,天,竟也配合此情此景般的,雨泼泼洒洒地大了起来,满脸湿得冷热交加,伞早就落了地,一阵斜风裹来,如昏黄的花,跑向了街心,一辆车子刹车不及,它啪的一声,便是尸骨零落。

梁景走到街心,捡起它,看得那样细腻,如同当年凝视她被阳光穿越成剔透的耳垂,眼神迷离。

他擎着雨伞,遮住了她头上的那片雨,可依旧有淋漓不息的液体从她脸上滑下来,热热的,漫过了他伸过来的指。

穿过泪光,看见梁景的鬓角已有了参差的白,像冬季树梢的残雪,不过 34 岁而已。忍不住伸手去摸,手就被他捉在了掌心里,穿街过巷地走在雨里,待坐定之后,叶娣张眼望去,才见小店依旧,只是人已非,店主人是个年轻利落的小妇人,弯眉吊眼,很有些京剧青衣的味道,遂失神问:云阿婆呢?

女子看了她一眼,眸子里掠过一丝感伤:很久没来了吧?我妈去世两年了。

叶娣在心里,低低叹息了一声。

八年前,云阿婆就坐在高高的柜台里,慈祥地看着他们在窄桌上相互喂馄饨。也是八年前，梁景坐在这里，不肯说话，她抓着他的手，只是落泪，澎湃在心的绝望不敢迸发，后来梁景的唇齿间蹦出轻飘的几个字：我妈说，我们要结婚，除非她死。那时，她多想问：那你呢，你爱我不爱？你究竟是要你妈还是要我？可，这些问，是多么的愚蠢和刻薄，她终是问不出口，只能眼看着梁景低垂着头，摇晃进夜色里，醉了一样。尔后，她站起来望着他的背影，轻声说：梁景，你自己的意思呢？

可是，梁景已经穿过了月华凄迷的街，跳上了一辆公共汽车，清瘦的脸贴在车窗上，傻了一样看她。云阿婆把她拉回店里，递给她一杯热水：姑娘，那些没结果的缘是偿还上辈子情债的，就当你上辈子欠过他好了。

第二天，在恍惚里，叶娣的胳膊被面包机吞了进去，支离破碎地丢荡在右臂上，当她听医生在门外对父亲说有可能落下终生残疾时，她没有恐惧也没有绝望，只是想：为什么不是把整个人都绞进去呢？

住院期间，每天护士都会转来一锅很精美的汤煲和一束算不上大气的鲜花。它们的主人不曾露面过，叶娣问过护士，护士跟她描述为一个这么高，那么瘦，眼神温暖的青年男子。

叶娣就笑了，心情格外得好，肯定是梁景了，便对护士说：如果他再来，麻烦你跟他说我想见他好么？

可他却不肯进来，叶娣的心，便开始沉沉地坠了下去，才猛然想到，横在自己和梁景之间的种种不可能。自己不过是一西餐厅的小面点师，梁景却是前途看好的公务员，据说他母亲的一位家世显赫的朋友相中了梁景，要把女儿嫁他做妻，他母亲原先对叶娣的不冷不热便变成了横挑鼻子竖挑眼。

住院后期，叶娣喝进胃里的汤，全都化做了泪。

医生允许叶娣自由活动时，已是一月后了。她跑到医院外给梁景打电话,只想知道,他是否还像以前那样在乎她?

接电话的人告诉她,梁景休婚假了。

她呆呆地握着话筒,望着天上的阳光,渐渐昏黄。话筒里传来了有些恼怒的喂喂声,她一声不响地扣了,穿过往来如梭的车流,回病房,把身体像甩垃圾一样,甩到病床上。

是的,梁景像甩掉一块垃圾一样甩掉了她的爱情,连一声交代都不肯给她。

出院后,叶娣对前来接她出院的大东说:你挑个日子,我们结婚吧。

那些汤都是他送的,他是西餐厅的厨师,一个讷言的男子,偷偷爱她多时,知道她和梁景的事。

新婚夜里,叶娣衣衫整齐地在婚床上坐了一夜,哀悼死去的爱情。大东真的好脾气,竟不曾责怪她,只是握着一枚手帕,不时给她擦泪,或把一杯温度适中的水,放在她的唇边。

天将亮时,叶娣扭了头,用红肿的眼看他,说:谢谢你待我好。

那时,她真的感觉自己是被人扔掉的一件污渍斑驳的旧衣。母亲早早去世,从父亲那里得到的温暖,不及邻家阿婆的那只日日卧在门口的老猫多,大东肯收留她,让她感激不已。

婚后半年,叶娣的胳膊,除了拿重物时稍觉吃力外,竟奇迹般地恢复了,叶娣望着胳膊上的几道不甚明显的疤痕,兀自骂道:贱命,好了做甚? 卖命干活不是?

一年后,她生了女儿,很漂亮的小东西,一日,她指着女儿说:床太小了,睡三个人,你不觉得挤得难受么?

大东看看她,一声不吭地搬起了被子,去了客厅的沙发。从此,婚床上就没了他的空隙。

一时的感激以及意气用事,到底不是爱情。叶娣总觉得大东身上有股腥腥的牛排味,怎么洗都是去不掉的。每每这时,她就会想起梁景身上的六神沐浴露味，远而淡的香，缭绕在记忆里，惹得两眼泪水汪汪。忘不掉，纵使他对自己狠心薄情。

梁景，是钉在她心尖上的一枚钉子，任凭岁月更迭，虽已锈迹斑斑，轻轻一碰，还是要她命般的，生生地，疼。

后来，叶娣想，与梁景的八年后再遇，并不是上天悯她痴情，而是嫌前次相弃折磨得不够狠，现在，她几乎将要淡忘了梁景，只在某个偶尔的夜寐里，他恍惚着面目不清的脸，闯将进来。醒来的她便心下微怅，起床后，对大东冷面冷言，洗完脸，就已心平气和了。

五年前，她与大东双双辞职，在商业街开了一间西餐厅。店面不够气派，但环境幽静，顾客多是情侣。不忙时，她坐在吧台里，听着轻柔回旋的音乐，望着别人的甜蜜失神。在所有人眼里，大东是个疼惜妻小的好男子。好，都是别人的感觉，可自己就是对他爱不起来，这如何是好？甚至，她曾瞥见有个小服务生自恃艺高胆大冲大东扔媚眼，当时，她正好路过厨房，把一切光景都瞅在了眼里。大东怯怯地看着她，她笑了一下，转身走了，窝在吧台里，不停地想，我该生气才对啊，为什么，我就是不生气呢？

可她，就真的不曾生气，哪怕丁点。

日子过得惬意与否，是会写在脸上的。不消梁景说，叶娣便知，这些年他过得不甚如意，如意的人怎会早生华发？甚至当他们坐在一起时，叶娣无意中看到了躲藏在他西装袖子里的衬衣袖口，已磨得毛毛碎碎。叶娣心下微微一酸，怕看多了惹他尴尬，虚荣是每个男子的秉性么。

断断续续地知道，梁景的母亲已过世了，太太自生了儿子后就不肯上班了，早晨把孩子送幼儿园后就去隔壁玩麻将，常常玩得忘了回家。冷饭剩菜是他和儿子的家常便饭，还时常指责他不该让她怀孕，不该坚持让她把孩子生下来而导致了她原本白皙的皮肤变成了被茶水淹过的抹布，让她原本纤细的腰身变做了水桶。总之，梁景是毁掉她一生的罪人。

说这些时，梁景低垂着脑袋，拘谨的黯然，隐在眼眸里。

每次约会，大约都是这些吧，关于爱这个字，仿佛都已是不便再去提起的陈年旧事。

去结账时，梁景总试图与叶娣抢，可当梁景拿出钱包时，叶娣坚决地抢着付了。一个人往回走的路上，回想起梁景钱包里那仅有的一张百元钞票，她几乎怆然泪下。

曾经，这是一个多么落落大方的男子，竟让生活给糟践成了这般模样。据说，梁景婚后第二年，岳父就因经济问题犯了事，可这并不影响女儿多年来养成的骄横跋扈。

梁景用一个人的薪水养活着三口人，日子的艰难，可想而知。

夜里，叶娣仰望着模糊的天花板，想，当年若是嫁了他，一切又将是如何呢？现在，他们究竟算得上什么？

这样想着想着，心就揪揪地疼了起来，这时，大东翻个身，把手臂搭到她腰上，她突然地一阵窒息。大东身上的气味，让她窒息，她一直把此归咎于厨房里那些加工以及未加工过的牛排。

其实，是不爱。

叶娣曾给梁景买过几件名牌衬衣，梁景不收，叶娣急了，说：在场面上混，单是一套考究的西装是不成的，男人的品位要在细节体现。

梁景推开袋子的手，渐渐有些抖了，定定地看着叶娣，眼里泛起了一片晶莹，颤着声，他叫：叶娣……

叶娣就被揽进了怀里，他埋在她的发间说：你原谅我八年前的错，好么？

叶娣先是一愣，尔后，突兀地号啕了，如同八年前的疼，今日，才淋漓尽致地宣泄出来。

尔后,说了很多很多关于未来的话,触到实质时,梁景面上有些做难的颜色,叶娣幽幽说:我倒无所谓,若真想怎样,他不会难为我,可她能轻易放你么…………

桌下,梁景攥着她的手愈来愈用力,即便不说,彼此也是明白,梁景是妻子唯一的饭碗,她自然不肯轻易放掉了的,况且,又是一个那样泼辣的女子,什么做不出来?

关于能否在一起,在两人间,总是浅尝辄止的话题而已。

转机,是梁景查出胃癌开始。有几次,叶娣见梁景好像脸色不对,拳头不时顶一顶腹部,叶娣便问怎么了?

梁景笑笑说:没什么,老胃病了,近来疼得频繁了些。

闲暇时,叶娣爱看些杂志什么的,知道胃病保养不好很有转移成胃癌的可能,怕吓着他,没敢说,只是不动声色地说有做医生的朋友,看胃很棒的,改天带他过去。

开始,梁景不肯去,拍着邦邦作响的胸脯称自己是空军体格,不会有事的,却没耐过叶娣的软硬兼施,到底还是去了。当叶娣的朋友建议梁景做个胃镜时,叶娣的脑袋轰地响了一下,朋友说过,但凡他建议做胃镜的人十有八九跑不掉是胃癌了。

叶娣跑前跑后,停下来时,就钻进女卫生间不出来,关着门,尽情流泪。

终还是,梁景患了胃癌。拿着结果,叶娣不知该怎么处理了,不能告诉他本人,更不知该找谁商量,朋友说最好尽早动手术。

只在出医院之后,跟梁景说:你陪我去海边走走吧。

尽管医生当梁景的面说过他胃溃疡比较严重,要尽快动手术,梁景却并不在意。秋天,海风凉冽,沙滩上人不多,梁景趁机吻了叶娣一下,说:其实,我去过你家几次,你家总是锁着门,我就死心了。

叶娣就怔了，望着他，抬起胳膊，把毛衫撸上去：我几乎没了命。

梁景捧起来，在唇下深深地吻了，唇间迸出几字：叶娣，是我对不起你，我要补偿给你。

叶娣闻得此言，几乎哭得窒息。即使他想补偿，可，上天会给他机会么？

手术前，叶娣给梁景单位去了电话，说了梁景的病情，请他们多多关照一下梁景，并转告他的妻子。梁景领导问她是谁时，她犹豫了一下说医院护士。

因为术后化疗，梁景终还是知道了真相，那几天，他不吃不喝，整个人被击溃了般地发呆。他的妻是和他一同知道真相的，大约是单位的人都比较了解她的秉性，亦没敢告诉她，她得知梁景患的竟是绝症时，第一反应就是在病房里大哭特哭这以后的日子，怎么熬？

梁景冷冷地看了她，咬牙切齿说：我还没死呢，即使我死了，你还可以再嫁个男人养活你。

当即，两人就在病房吵了起来。

这些，是梁景在电话里告诉叶娣的，他叹息着说：叶娣，她是不是上天派给我的报应？

叶娣说：别想那么多，先养好身体要紧。

梁景紧接着追来：养好身体有什么用？这是癌啊，即使切除了，又能活几年？

只要你活几年我就伺候你几年。情急之下，叶娣几乎想也不想地就甩出了这句话，让梁景愣住了：叶娣……你真的还要我么？……这太不公平了……

叶娣斩钉截铁:我要,哪怕你是植物人我都要。

事后,叶娣想起来有些悔,是啊,凭什么呢?他把最好的年华给了她,却甩给自己一个破败的生命残局?除了犯贱,她还能怎么解释自己的这种近乎于殉道者的勇敢?

梁景开始化疗时,与妻子已完全闹翻,出院后直接住进了姐姐家,明目张胆地打电话要叶娣来,人前人后亦不掩饰与叶娣的亲昵。姐姐本是个观念正统的女子,若正常时候,对叶娣定然是白眼加冷嘲热讽,或许是弟妹的绝情伤了她的心,更或许是,叶娣的到来多少能分担一些压力吧,梁景所有的营养品以及不能报销的医药费,全是叶娣掏的。

这些,叶娣心下清楚,有时,走在路上,嘴角会挂起一抹冷冷的微笑,可一想到梁景病弱的身子以及他眼中掩藏不住的哀求之色,心,腾地就软了下去。

梁景做完第六个疗程的化疗时,叶娣在厨房门口对正在煎牛排的大东说:你出来一下,我们谈谈。

大东给牛排来了个漂亮的翻身说:什么话?就在这里说吧。

叶娣抱了一下胳膊:我对不起你,我要和你离婚。半年多了,她频繁外出,大东竟从未问过去哪里,也没起丝毫疑心。

大东兀自地抬头,怔怔地看着她,讷讷说:牛排要糊了……

叶娣不给他喘息的机会:孩子可以给你,餐厅也给你,如果你认为这些年我为这个家付出了一些辛苦的话,请你给我一点钱。

她一口气堵死了大东的所有出口,就那么直直地看着他,她从未这样勇敢过。

还好,大东没为难她,女儿他留下了,把西餐厅的盈利分了一半给她,叶娣拿着那个存折离开家时,转身对呆坐在沙发里的大东说:是我对不起你,若不是为了救他的命,这钱,我不会要的。

大东抬眼，疲惫地看着她，慢慢说：你不觉得他很自私么？明知自己得了绝症还要你嫁给他，他能给你的除了痛苦还有什么？他爱的，到底是你还是他自己还是你的钱？如果你还是八年前的那个面包工，而且没有保养得这样漂亮而优雅，他还会爱你么？

叶娣笑了一下，说：我已经不是八年前的面包工了，也知道他很自私，可，我还是爱他，爱得拿自己没办法，如果爱他注定要辜负一个人，这肯定只有你了，谁让你那么爱我？对不起了……

叶娣深深地鞠了一躬，门锁喀哒一声，清脆利落地合上了，她再也回不去了。

一年后，梁景死于癌细胞扩散。至死，他的离婚手续都没办利落，到底，叶娣还是没嫁成他。他知自己将去之前，死死地握了她的手，说不了话了，眼泪，大颗大颗地滚下来。

给梁景下葬回来，叶娣想着梁景这个人，自始至终，她知道他所有的人性弱点，可，还是爱他，这实在是件没办法的事，她为他披荆斩棘，到底，还是被辜负的命。或许，真如云阿婆所说：上辈子，欠了他。

和你一起唱支歌

进入大学第一天，我遭遇了香宁，浅浅的秋天刚到，A大学校门口的一片阳光安好里，躺着一只尺寸足足有半张单人床大的行李箱。香宁坐在上面，套着粉色小旅游鞋的脚丫子耷拉在一侧，很是不安分地一荡一荡，手里擎着一客香草冰淇淋，不时吸溜一下子，一双大眼睛眨呀眨呀的，望着每个做熟视无睹状匆匆擦肩而过的男孩子。水盈盈的眼里汪着一些类似于无助的楚楚，像找不到家门的孩子，正盼望斜刺杀出一见义勇为的好人帮助她找到家门。

我刚刚在车站洒泪挥别陪我来校报到的亲爱老爹，心情还有点抑郁，走到学校门口，恰好遇上香宁正恨恨地扔掉了冰淇淋盒子，脸上的表情已是绝对失望，费力地拖起巨大的行李箱向着寝室的方向移动，娇小的身体和巨大的行李箱相互辉映，样子像极了童话里的小老鼠在为移动一把巨大的铁锹而努力。

香宁拖着行李箱挣扎在安好阳光下的样子，让我偷偷一乐，遂伸手，在后面帮她推着。

于是，香宁回头，我们的目光遭遇在一起，她放下行李箱，拍拍小手，冲着我露出两颗美丽的小虎牙笑："我还以为是一个见义勇为的绅士呢。"

然后，我们中间隔着一个巨大的行李箱说话，她吧嗒着涂了银色唇膏的小嘴巴，开始了对这所学校的男生缺乏绅士风度的抱怨：

"你知道吗,我进大学的第一个愿望就是开始一场浪漫的恋爱,为此我不让家里人来送,特意让出租车司机把行李箱放在学校门口,想用这个巨大的行李箱做诱饵。我都设计过一万遍了,这个巨大的行李箱躺在学校门口肯定有一批男生抢着要帮我扛到寝室去,届时,我从中挑一个有型有款的绅士,以此为契机开始一场浪漫故事呢。"

我笑:"后来呢?"

"后来就是我坐在行李箱上吃掉了三客冰淇淋,不肯绅士的男生们从身边噌噌一越而过,好像压根就没看见我。再等下去,不仅绅士不会出现,我的肠胃都要寒冷得痉挛了。"

我说:"还好,还有我这个肯帮忙的淑女。"

香宁一边抱怨一边告诉我将要去的方向,顺便告诉了我她叫香宁,还知道了她和我同系同班同寝室。

香宁瞪着眼看我,突兀地,隔着行李箱跟我击掌:"从此我们就是一个战壕里的战友了。"

刚刚进入一个陌生的环境,我们对友谊有着无比的向往,聊够了才肯使出吃奶的力气拖着行李箱向寝室楼方向进军。

绅士马阁在此时出现,路过我们身边时,他扭头看看我们:"刚入校?"

香宁眨眨洒了堇色眼影的睫毛:"是啊。"说完继续盯着他,很像是:看你这貌似威武的大男生眼瞅着两个女孩子蚂蚁撼树样拖着巨大的行李箱,怎么好意思无动于衷?

马阁绝没退却的意思,弯腰,拎着行李箱拉杆,提了提,然后,很是轻松地拎到肩上,歪着被压歪的脖子问:"寝室在哪边?"

马阁顺着我的手指望了一眼操场对面某栋红色的楼,甩开大步。

我和香宁一路小跑跟在后面,香宁捏捏我的手:"嘿,怎么样?"

“好，不错。”

香宁停下来，一本正经瞅着我：“我发誓，这是我的初恋，我要跟他谈恋爱。”

沿海城市的秋天，空气已经逐渐开始爽朗，我盯着她一字一顿：“像他这样又酷又有型的男生能没有女朋友？”

香宁夸张地撅了一下小鼻子：“我抢过来。”

马阁把行李箱扛到805寝室，这时的香宁眼里绝对没了初见时的锐利，很是绵软地请马阁坐下，拿起一只杯子问我：“阿媚，是你的吧？”

我说是。

“咖啡或者茶，有没有？”

我摇摇头，表示刚刚进校还没来得及筹备这些东西。

香宁吭哧吭哧地开行李箱，衣服以及乱七八糟的东西扔了一床，从箱子最底层挖掘出一瓶老巴布咖啡。

马阁摆摆手：“我还有事，先走了。”不容香宁挽留，大步往门外跨。香宁抱着来不及放下的咖啡瓶子追出去，至于他们在走廊里说了什么我听不清，反正香宁回来时抱着老巴布咖啡瓶子活像抱了这一生一世的宝贝。

香宁拽出一本精美记事本，从咖啡瓶子商标上抄下：马阁，外文系，2003级，电话：×××××××××。把本子塞起来后，她仰着脸看我，然后绽开羞涩的笑：“绅士是有的，爱情也会开始的。”

她一屁股坐在堆满乱糟糟东西的床上，很义气地揪出一些零食要求我和她一起分享。

就这样，我和香宁成了睡在上铺下铺的好朋友，半夜里她想说话，又怕遭到寝室里其他人的谴责，就拿脚丫子蹬我的床底，我若懒得理她就任由她蹬，颠来波去像睡在浪尖上，很舒爽的感觉，高兴理她了就悄悄钻到她被窝里，蒙着头听她的爱情进行式故事。

不得不佩服香宁，她对马阁的追逐，简直就是一只饥饿的非洲豹追捕一只即将就擒的羚羊，马阁不仅是高我们一级的大师哥，又不同系，要接近并且套牢他的爱情，需要绝对的破费点心思。

香宁追马阁的进程大致是这样的：给马阁打电话了；考察过了，马阁没女友；为搞勤工俭学，马阁的周末在学校咖啡厅唱歌；她去咖啡厅冲马阁放电了……

我问："马阁被电倒了没？"

香宁一片甜蜜的恨恨："这家伙身体里有绝缘武装。"

香宁的大一，在冲马阁这个绝缘体霍霍放电中浪费过去。

大二开始的第一天，香宁告诉我，她决定零距离接触马阁，让霍霍的电光一直击穿隔绝在他眼里的厚厚绝缘层。

我说："好好，革命尚未成功，同志尚需努力。"

大二上学期，香宁瞪着雪亮的大眼睛注视着学校咖啡厅，企图寻找缝隙钻进去垂钓马阁这条始终不肯咬钩钩的人鱼。

下学期的某个黄昏，食堂门口围了几个人，香宁凑过去一看，呀的一声跳起来。若不是我逃得快，她的精美小饭盒就要变成炮弹落在我头上。

我瞅着在地上变得面目狰狞的饭盒说："香宁，你想谋杀我还是怎么的了？"

香宁蹦过来，搂着我的脖子："上帝睁眼了，马阁在的咖啡厅招聘周末服务生。"

第二天凌晨，香宁早早地用床底的波涛汹涌把我从梦里颠簸醒来，陪她去学校咖啡厅应聘。

她边收拾门面边告诉我："要趁别人还没起床时把机会抢到

手里。”

我知道香宁去咖啡厅应聘，属于百分百的醉翁之意不在酒，冲马阁去的。

很是可惜，咖啡厅要上午十时开门，香宁忍着肚子的呱呱乱叫一定要等到咖啡厅开门，生怕一离开别人就会抢走这千载难逢的好机会。

负责人看在我们在春寒料峭里瑟瑟发抖两个多小时的份上，没费吹灰之力，香宁混进了咖啡厅做事，我也被顺便捎带上。

周末，香宁所有的衣服堆在床上，换了一件又一件：“阿媚，这件好看不好看？”

被她问烦了，我扔过去一句话：“你究竟是去打工还是去相亲？”她眼里灼灼的气才消退了一点点。

周末，我们脑袋上扣着粉色的小帽子在咖啡厅转来转去，马阁的歌声像忧郁的沙子，有些缥缈的苍凉，在轻轻飘荡，香宁的眼眸因为总停留在马阁身上，把咖啡撞洒在顾客身上的事已发生了不止一次。

这时，马阁的视线，仿佛穿越了万水千山，停留在我们身上片刻，很快回到他的歌唱世界。为了得到马阁片刻的注视，香宁愿意把所有的咖啡都洒在顾客身上。

咖啡厅的上午人烟稀落，香宁坐在离马阁近在咫尺的地方，两只小手托着柔软的下巴，眼睛一动不动地看马阁。我在她身边，看着别处。从他沙沙的歌声，我喜欢上一颗心灵，这颗心灵装在一个叫马阁的身体了。因为马阁是香宁的心仪，我只能这样，看着别处，用尖利的小牙咬着一些心碎。我的秉性注定，要把那种可望而不可即的喜欢隐忍着咬在心里。

夏天渐渐来了，某个上午，除了我们几个服务生，咖啡厅没有顾客光临，马阁心情很好，修长的手指轻轻拨了几下吉他，忽然抬头看着我："阿媚，我们一起唱支歌怎么样？"

我听见自己的心，砰然的一声脆响，四处躲闪的目光和香宁的眼神撞在一起，发出清脆的碰撞声。

香宁从不逃避任何问题，她直直地看着我，质疑以及敌视，像一把尖利的刀子，刷拉刺进我的眼眸。

这是我向往的，因为香宁而不敢要的，我低着头喃喃说："我嗓子不好。"

马阁从台上跳下来，自然地拉起我的手："我也不是专业歌手，来吧。"

香宁怔怔地盯着我们，忽闪着长睫毛的眼睛慢慢充盈满了碎玻璃样的晶莹，她咬着细碎的小牙，慢慢说："马阁，我想跟你唱支歌。"

马阁愣了一下，转而笑："你想唱什么？"

"《想你想到梦里头》。"

马阁耸耸肩，用大家都习惯的无奈动作表示他不会，或者不想唱。

香宁眼里的晶莹开始破碎，飞快而纷纷地在脸上坠落，她甩开小脚丫子，拖着绝望的背影跑出去。

马阁看看我，我低着头，跳动着尴尬的心碎，缓缓的，我抽出手。尽管，我曾经向往，这样一生一世任他握着，被他暖在掌心里。

我的手指相互拧在一起，一些尖利的疼钻进心里，我说："马阁，对不起，香宁是我最好的朋友。"

如果在爱和友情之间，我必须舍弃一种，而我不能肯定，马阁对我的究竟是不是爱情？所以我只能舍弃。

不约而同的，我和香宁没再去过咖啡厅，我们之间有了一些尴尬，有时，我们张开嘴巴，然后尴尬地笑，又合上唇，不知道该说什么或者怎样说，夜里，她不再蹬我的床底取乐。

马阁这个名字，在我们唇间彻底消失。一年后，他毕业了。一天，香宁从外面回来，一脸莫名的灿烂跳到我面前："你猜我看见谁了？"

我说："猜不出。"

"马阁，他拖着一只巨大的行李箱离开了我们的生活。"

香宁坐在床沿上，我们眼里慢慢充盈着细碎的晶莹，心里不停地默想着马阁的名字。

毕业时，香宁跟我说："阿媚，你知道吗，到了后来，我对马阁的愿望是什么？"

四年大学生活，香宁的眼眸里有了成熟的痕迹。

"只想和他唱支歌。"

我笑："我也是。"

有一些人，被我们喜欢着，近在咫尺，却是遥遥而不可及。我们的愿望，只是唱一支歌而已。那时，因为脆弱的自尊，我们连唱一支歌的机会都放弃了。

香水有毒

七年前,方家程从墙角里跳出来:嗨,葛小洛。然后,冲我咧着嘴卖弄雪白整齐的牙齿似地笑。

我的心扑扑直跳,笑得像个傻妞,歪着头看他,他是大名鼎鼎的校篮球队长,我是大名鼎鼎的尖子生,我们的照片总是讨人嫉妒地占据着学校宣传栏的一角。

我知道很多女生喜欢方家程,也包括我,我总是装作漠不关心的样子从其他女生的议论里窃取他的消息。

在那个连翘鹅黄满街的春天,高我两届的方家程成了我的朋友。放学后,他宁愿冒着柳絮过敏的危险也要绕道送我回家,然后站在楼下,仰起脸,直到我打开窗子向他挥手才恋恋而去。

所有人都以为我们早恋了,有人打了小报告,接完班主任的电话,妈妈苦口婆心地和我谈到深夜,我的眼泪像指尖旋转的圆珠笔。

我不是方家程的喜欢,没人知道。我不愿解释,因为他是我的喜欢。他的喜欢是我家隔壁的万小姝,一个高挑绰约的女子,高我一届。方家程陪我回家,只为和我谈万小姝,他站在楼下仰望,是希望我家隔壁的窗子突兀洞开,他便看见万小姝梦寐般美好的面庞。

可万小姝并不领情,那年暑假,她气咻咻地来敲门,扬着一封信:葛小洛,快看看你的白马王子都干了些什么?

即将远去S城读大学的方家程终于再也无法按捺炙热的爱情,给万小姝写了一封炙脸烫心的情书。万小姝把信塞进我手里,突然哭了,这封信蹂碎了方家程在她心中的高大形象,她边哭边说他怎么是这样的人?怎么会……

她也曾是喜欢方家程的,像所有女生一样的默默喜欢,她宁肯偷偷嫉妒方家程爱我也不愿他是个脚踏两船的情场浪子。

其实,我可以向她解释其中内幕的,但却没有。我不想让她恍然大悟,激动地擦着满脸的泪痕幸福地问我:真的吗这是真的吗?

爱情是多么自私,没人肯把机会拱手相送。所以,我选择沉默,任凭方家程的形象在万小姝心中轰然倒塌。

再遇方家程,已是六年后,在公司餐厅,我颤颤地问:请问,我可以坐在这里吗?

正埋头喝汤的方家程用鼻子嗯了一声,抽张餐纸擦擦嘴角,才抬起头,上下打量我:刚进公司?

我点头,坐下,内心无限苍凉。他尚是我心头未了的梦,而他,对面伊人,竟已不识。他更不会知道,我费尽多少周折打探他的消息,又费多少周折挤进公司,只为和他在一起。

我默默地吃了勺奶油花菜,偷眼看他,小声问:不认识我了么?

他怔了一下,仔细端量,突然,咧嘴无声大笑:葛小洛!真是你?

我郑重点头。

我们聊了很多,万小姝仿佛已是远去残梦不再被人提起。末了,方家程说如果我愿意,可以调进他的部门,依然是六年前有责任感大哥哥发誓要罩着羸弱小妹的口气。他已是总裁看重、麾下景仰的业务部经理,这点能量,还是有的。

我想起了那些落俗的写字间情事,下属爱上司,爱得再真诚都会令人猜忌。

六年来,我一个人把爱情养活得干干净净,没必要兜头接盆猜忌的脏水。

饭后,我抢着代他洗了餐盘,他垂手站在水池边,笑吟吟看我,我红了脸,想起了一些电视画面,良夫就是这样看心爱的贤妻为自己忙碌的。

和他离开餐厅时,一直低着头,他在17楼,我在16楼,电梯停在16楼时,他突然说:葛小洛,给我你的手机号。说着,随我跨出电梯,他随口说了手机号,让我用手机拨一下。

我满怀柔情地按号码,他的手机响得及时,而我听到的却是:对不起,您拨打的号码正在忙……

我愣:奇怪,明明没拨通,你手机怎么会响?

方家程匆匆看一眼手机,竖起食指笑了一下,转到一边接电话,声音欢快:我刚从餐厅出来,你呢?接着道:不许为了保持身材不吃中午饭……嗯……要听话,我马上打电话让他们给你送外卖……

我的心像初学走路的孩子,跌跌撞撞得遍体是疼,可,为什么我还笑得那么温柔?在他收线后柔声问:是女朋友吗?

他春风满面地点头,旋尔认真问我:你们女孩子都会为了保持身材而虐待自己吗?

我轻声说不是所有女孩子都这样。

他噢。皱着眉头看手表,顺手按电梯。我正犹疑着要不要再拨一遍他的手机号,电梯来了,宿命感突然地袭击了我。

悲伤的爱情就是,你看见了终点,却起跑慢了半拍。

我依然会在餐厅或公司会议上看见方家程,渐渐知道了他女友——缨络，是电视台记者，人很漂亮，不甘幕后，最大理想是做节目主持人，为此，我每晚死盯本市新闻，只为验证方家程说她漂亮是不是情人眼里出西施效应。

我很失望。

她不仅漂亮，而且优雅。

除了嘲笑自己阴暗狭隘，我还能做什么？

我尽量避免和方家程碰面，否则，自卑无望会让我疼。我拼命做事，挨到最后一刻才去餐厅吃烂尾饭，因为这时的餐厅人烟寥落，大抵不会遇见方家程。又冷又破败的烂尾饭那么堵心，吃着吃着泪就掉下来了，赌气不吃，下午早早就饿了，没人心疼的赌气不吃饭是寒凉的，收工后，便找家好饭馆，恨恨叫了好菜，补偿对身体的亏待。

遇见缨络，并非我故意。

秋天的傍晚，在一片连体别墅前，戴着墨镜的缨络从一款红色跑车里下来，左右旁顾后摘下墨镜仰望，对着一扇快速洞开又快速合上的窗子璨然一笑，快步上楼。

虽是开关迅速，我还是看见了一张肥腴的中年男人面孔。

我愣，晃晃头，拼命想，是不是看错了？

不，没有。她就是我在电视上看见的缨络，甚至，她穿的那套衣服，也是采访一桩惨烈车祸时穿过的。

我听见了花朵阴暗盛开的声音。

我电方家程：忙什么呢？

无聊。

我也是，不如，我们一起无聊地吃着烧烤看海好吗？

方家程没有犹疑，问了地址，20 分钟后就驱车赶来。我已选了正对着别墅楼道的土耳其烧烤吧，叫了啤酒。

方家程进来时，我已喝掉一罐五星啤酒，酒是好东西，它可以遮尴尬于无形,可将蓄谋深藏。

我把一罐啤酒顿到他面前,内心紧张如擂鼓,我鄙视自己的虚伪正义感,不过是为成全自己。

他笑:莫不是要贿赂我进业务部?

难道不可以?我睥睨他,他微微一怔,目光暖暖地柔和下来:葛小洛,你挺适合喝酒的。

哦?我故作玩世不恭,掏化妆盒照镜子,镜子里的葛小洛两颊酡红,很是妩媚动人,睥睨的眼神里,竟有些引诱的妖娆风情。

我的脸更红了,举着啤酒罐:喊你出来,是陪我喝酒的,不是让你取笑我的。

方家程利落地干了一罐酒,我故意玩笑说:没想到你真能出来。

怎么说?他扬了一下眉毛。

当然以为你在家陪美人女友了,哪里顾得上我们。

她到郊县做采访去了,明天才回。他扬了一下眉毛。

我嘴里说怪不得呢,心里,却在为怎样引他看见缨络停在街对面的车而焦躁,伏在桌上说醉了,眼睛直直看望窗外。

华灯初上的街,缨络的火红跑车分外扎眼。

方家程把手在我眼前摆摆:看什么呢?乌鱼都快被烤糊了也不翻一下,这么懒,谁娶你?

我做说醉话状:当然会有人像你对缨络那么好一样对我了。

半天,方家程没吭声,我抬眼看他,却见他在死死盯住街对面的车。

我竭力镇定的方寸,突然大乱,像在熟人家做贼不巧被捉了手腕。低低嘟囔:看上那辆车了啊?那可是女人开的车。

他不动声色,额上青筋一跳一跳暴起。

嗨,你干吗?我摇摇他的手。

他一翻手，把我的手握在掌心里，一动不动，手指生生地疼。

过了一会，他铿锵说：喝酒。

仰头就灌了一罐啤酒，我有点怕，犀利若方家程当然明白女子在什么样的情况下才会向男人撒谎身在异地。

他一罐一罐地喝啤酒，什么话都不说，两眼猩红。

我怕再待下去他会失去理智做傻事，便拉他走，他狠狠瞪我，很没修养地招呼服务生上酒。

我担心的情景没发生，方家程目睹着缨络满面残春地下楼，轻飘飘上车，开车离去，才一拳砸在桌上，空掉的啤酒罐稀里哗啦地滚到桌下。

他什么都没说，我不问。

后来，他拉着我的手，歪歪斜斜地走在街上，突兀间停下来问：葛小洛，你喜欢我是不是？

我茫然地看着他，不知该怎样答，他猛地揽我入怀，凶猛地吻下来，我没挣脱，然后，哭了，因为我知道，他的吻，不是喜欢也不是爱，而是对缨络快意恩仇的报复，他的吻那么用力，弄疼了我。

他缓缓松开我，有些凄沧地看着我：葛小洛，你喜欢我！

再也没说什么。

关于方家程和缨络的后来是怎样的，我不知，也不问，他只字不提，只在下班后，坐在车里等我，拉着我满街乱跑，没有目的，像忧郁的美国乡村歌手。然后，吃饭，回家。

在公司同僚面前，他喊我葛小姐，和我单独在一起时，他喊我葛小洛。

我说：你叫我小洛吧。

他的眼睛眨了一下，问：为什么？

感伤漫无边际地涌上来,我低了头,说没什么,只是这样希望。他便揽了我,唤我小洛,再然后,得了健忘症似的依然喊我葛小洛。

有时,我们会偎在沙发上看电视,本市频道是小心翼翼绕过的雷区。直到某天,有人在公司餐厅乐呵呵地招呼方家程说:方先生,你女朋友主持的综艺节目害我花了不少短信费。

方家程艰难地塞了一勺饭,半天不曾咽下,仿佛它们是坚铁而不是米饭。

这天晚上,方家程很晚回家,我坐在楼梯上等他,他只看了我一眼,掏钥匙开门,懒懒说:进来吧。

卑下感快把我击垮了,可我还是进去了,掩上门,说:这么晚了?

他嗯了一声。我问:去哪了?

和缨络一起吃饭了。他换鞋,我站在他身后,定定地看他,他的羊绒衫上黏着几条橘红色的波浪长发,我一根一根小心拽下,像一丝丝地抽掉心上的肌肉。

他定定地看着我,半天才说:缨络在台长的支持下终于圆了主持人梦,虽然台长离婚了,但她不会嫁他,我也没足够的勇敢娶她,只是放不下。

我说知道。坐在沙发上,翻来覆去地听一支歌《香水有毒》。我曾嘲笑这支歌里唱的爱情,那么贱,贱到令人生厌。

就像现在的葛小洛。

我们并肩坐在一起,看窗外的月亮,天空瓦蓝,月亮圆得那么凄凉。

他握了握我的手:其实,你应该告诉万小姝我不是她以为的那样。

我泪流满面。

其实,那晚你大可不必打着无聊的幌子叫我去吃土耳其烧烤。

我把 MP4 的音量调到最大。

他又说了什么，我听不见，只看见他满眼凄凉，像个被人骗走了珍爱玩具的小孩。

他不爱我，从来都不。我再多努力都改变不了我就是那个让他失去心爱玩具的骗子角色。

爱情是棵天然的植物，在方家程心里，我再多处心积虑都没从草变成玫瑰。

我说对不起。

他叹了口气。

图书在版编目(CIP)数据

青春仿佛因我爱你开始/连谏著.—北京:新世界出版社,2009.3

ISBN 978-7-5104-0159-6

Ⅰ.青… Ⅱ.连… Ⅲ.短篇小说-作品集-中国-当代 Ⅳ.I247.7

中国版本图书馆 CIP 数据核字(2009)第 022159 号

青春仿佛因我爱你开始

作者:连 谏
责任编辑:陈黎明 雷燕青
出版发行:新世界出版社
社址:北京市西城区百万庄路 24 号 (100037)
总编室:+86 10 6899 5424 6899 6304(传真)
发行部:+86 10 6899 5968 6899 8705(传真)
网址:http://www.nwp.cn(中文)
http://www.newworld-press.com(英文)
版权部电话:+86 10 6899 6306 frank@nwp.com.cn
印 刷:山东新华印刷厂德州厂
经 销:新华书店
开 本:890×1240 1/32
字 数:150 千字 印张:7.5
版 次:2009 年 4 月第 1 版 2009 年 4 月第 1 次印刷
书 号:ISBN 978-7-5104-0159-6
定 价:19.00 元